청소년을 위한 필사 가이드

하루 5줄로 향상되는 문장력

청소년을 위한
필사 가이드

권정희, 전은경, 정지선 지음

나는 얼마나 필사가 필요한가?

【필사 필요 지수 테스트】

전체 항목 수는 20개 문항입니다. 각 항목의 점수는 1~5점으로 매겨져요. 모두 5점을 획득하면 총점 100점을 얻는데요, 이 만점자는 뼛속까지 '필사'가 필요한 사람입니다.

※ '전혀 그렇지 않다' 1점, '약간 그렇다' 2점, '보통, 그렇다' 3점, '거의 그렇다' 4점, '매우 그렇다' 5점

질 문	점 수
1. 글쓰기가 재미없어요.	
2. 글쓰기가 인생의 장애물처럼 느껴질 때가 있어요.	
3. 글을 쓸 때 첫 문장에서부터 막힐 때가 많아요.	
4. 한 문장을 너무 길게 쓴다는 평을 받곤 해요.	
5. 왜 글을 잘 써야 하는지 모르겠어요.	
6. 자꾸 같은 단어와 표현을 반복해서 써요.	
7. SNS에 글을 쓰고 '좋아요'를 적게 받으면 우울해요.	
8. 논리적으로 글을 쓰는 게 힘들어요.	
9. 문자메시지나 댓글을 쓰는 건 좋지만 독후감 같은 형식적인 글은 싫어요.	
10. 글을 길게 쓰기 힘들어요.	
11. 너무 바빠서 책 읽을 시간도, 글 쓸 시간도 없어요.	
12. 한자어가 너무 어렵고 싫어요.	
13. 어떤 글을 읽으면 모르는 단어가 많이 나와요.	
14. 근거나 예를 들어서 구체적으로 쓰기가 힘들어요.	
15. 문장을 짧게 쓰면 왠지 쓰다 만 것 같아요.	
16. 긴 글보다는 요약된 글이 좋아요.	
17. 글을 쓰다 보면 내가 무슨 말을 하는지 스스로도 모르겠어요.	
18. 열심히 노력해도 좀처럼 글쓰기 실력이 늘지 않아요.	
19. 막상 글을 써보려 해도 무엇을 써야 할지 모르겠어요.	
20. 글을 잘 쓰고 싶은데 어떻게 연습해야 할지 모르겠어요.	

• 80점 이상: 필사는 당신의 '운명'

만약 당신이 80점 이상의 점수를 획득했다면 진심으로 축하합니다. 이것저것 고민할 필요 없이 명확히 필사가 필요하다는 뜻이니까요. 글쓰기, 독서가 힘든 마당에 필사까지 하라니 귀찮게 느껴지겠지만 일단 시작하면 놀라운 변화를 경험할 거예요. 어렵게 생각하지 마세요. 하루에 5줄만 베껴 쓰면 되거든요! 이 책 3장에서 5장마다 있는 '입문 단계'부터 차근차근 시작해보세요!

• 60~79점: 필사는 당신의 '인생게임'

글쓰기가 당신에게는 숙제처럼 느껴지지만 글을 잘 쓰면 도움이 된다는 사실을 알고는 있습니다. 할 수 있다면 잘 써보고도 싶습니다. 다만 독서나 글쓰기보다 재미있는 일이 더 많아서 문장력 연습에 흥미를 느끼지 못하고 있지요. 방법도 모르겠고요. 속는 셈 치고 이 책에 있는 명문장을 '하루 5줄씩'만 따라 써보세요. 생각보다 독서와 글쓰기가 지루하게 느껴지지 않을 거예요! 3장에서 5장에 있는 '입문 단계'부터 시작해 차근차근 '활용 단계'로 넘어가보세요!

• 40~59점: 필사는 당신의 '필수비타민'

당신은 딱히 글쓰기를 대단히 좋아하지도 싫어하지도 않습니다. 가끔 글이 잘 써질 때는 뭔가 쓰는 일이 즐겁기도 합니다. 물론 잘 써지지 않을 땐 글쓰기 자체가 싫어지기도 하지요. 그렇기에 당신의 글쓰기 재능을 발전시켜줄 필사가 필요합니다. '하루 5줄 필사'를 해보면 내가 언제 글쓰기를 싫어하는지 점검해보고 문제점을 해결할 수 있을 거예요. 이 책 3장에서 5장에 있는 '활용 단계'부터 시작해도 좋지만 '입문 단계'부터 차근차근 밟아나가면 더 도움이 될 거예요.

• 39점 이하: 필사는 당신의 '베프'

만족스러운 점수라고 생각할지 모르겠습니다. 당신은 글쓰기에 관심도 있고, 주위에서 어느 정도 재능도 있다고 말해주었을 테지요. 하지만 방심은 금물이에요. 이제 필사를 통해 더욱 정확한 문장으로 리듬감 있으며, 풍성한 표현력을 뽐내는 글쓰기에 도전해보세요. 어느 순간 문장 고수가 되어 있을 거예요. 이 책 3장에서 5장에 있는 '심화 단계'부터 시작해도 좋지만 '활용 단계'부터 차근차근 밟아나가면 더 도움이 될 거예요.

나에게 필요한 필사 분야는?

자신에게 해당하는 칸을 선택해 사다리를 타보세요. 나에게 필요한 필사 분야가 무엇인지 알게 될 거예요.

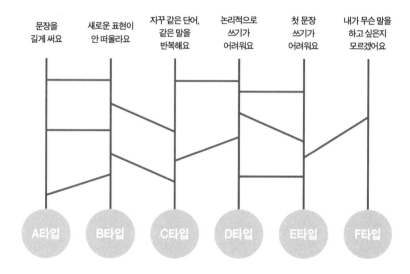

문장을 길게 써요 | 새로운 표현이 안 떠올라요 | 자꾸 같은 단어, 같은 말을 반복해요 | 논리적으로 쓰기가 어려워요 | 첫 문장 쓰기가 어려워요 | 내가 무슨 말을 하고 싶은지 모르겠어요

A타입 | B타입 | C타입 | D타입 | E타입 | F타입

A타입 3장 문학 작품과 5장 신문기사 예시문을 필사해보세요. 문학 작품에는 어휘가 자유롭고도 풍성하게 사용되며, 신문기사는 신조어, 한자어 등을 정확히 사용하고, 사실을 최대한 간결하게 전달해요.

B타입 4장 비문학 작품과 5장 칼럼 예시문을 집중적으로 필사해보세요. 비문학 작품과 칼럼에는 명확한 원인과 결과를 바탕으로 한 저자의 주장이 잘 드러나 있어요.

C타입 3장에 나온 문학 작품의 예시문을 필사해보세요. 문학 작품은 풍성한 어휘와 참신한 표현이 숨어 있는 보물 창고예요.

D타입 5장 칼럼 예시문을 필사해보세요. 칼럼은 저자가 짧은 분량의 글로 자기주장을 가장 설득력 있게 전개하는 것이 특징이에요. 필사해보면 도움이 될 거예요.

E타입 3~5장 예시문을 필사해보세요. 문학, 비문학, 미디어 글 할 것 없이 좋은 문장은 간결해요. 그러면서도 문장 길이를 다르게 해 글에 리듬감을 주지요.

F타입 3~5장 예시문을 차근차근 필사해보세요. 모든 글은 첫 문장, 첫 문단이 가장 중요하기 때문에 어떤 분야의 글이든 저자들은 도입부에 가장 공을 들이지요.

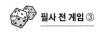
십자말풀이

필사와 작문을 하기 전 십자말풀이를 해보세요. 머릿속에 어휘들이 샘솟아 필사 후 작문하는 데에 도움이 될 거예요.

1		2				7			
		3	4		5				
11				6				8	
12	13			9		10			
	14								
				19					
	15	16		20		21			
			18						
	17				22				

【정답】

가로 열쇠

1 최근 인터넷에서 자주 쓰이는 말로, 급식을 먹는 10대 청소년들 사이에서 주로 이용되어 생긴 신조어.

3 동물의 고기를 먹고 사는 동물을 가리키는 말.

6 프랑스의 작가 위고가 지은 장편 소설 제목. 사회에서 범죄자로 몰린 주인공 장 발장이 사랑으로 구제되는 이야기.

9 6대주의 하나. 세계 육지의 약 3분의 1에 해당하며 유럽주와 함께 유라시아 대륙을 이룬다. 보통 서양과 반대되는 지역을 가리킬 때 쓰는 말.

11 남이 모르게 살그머니 행동하는 모양을 가리키는 부사.

12 베끼어 쓰는 행위를 이르는 말.

14 소의 머리, 내장, 뼈다귀, 발, 도가니 따위를 푹 삶아서 만든 국.

15 변의 길이와 내각의 크기가 모두 같은 삼각형.

17 멀리 돌지 않고 가깝게 질러 통하는 길.

18 인간을 포함한 모든 것을 지배하는 초인간적인 힘에 의하여 이미 정해져 있는 목숨이나 처지.

20 차 따위가 오른쪽으로 돎.

22 갑작스럽게 돎.

세로 열쇠

1 매우 심한 물살.

2 신체의 건강을 위해 마련된 교육을 가리키는 말.

4 음식을 맡고 있다는 귀신을 가리키는 말. 최근에는 음식을 많이 잘 먹는 사람을 비유적으로 이름.

5 떨어지는 물의 힘으로 바퀴를 돌려 곡식을 찧거나 빻는 기구.

7 두 물체를 서로 붙이는 데 쓰는 물질.

8 러시아 모스크바 동쪽에 있는 도시. 섬유, 플라스틱 따위를 생산하며 12세기에 건축된 사원이 있는 곳.

10 옛날 신분제 사회에서 아랫사람들이 젊은 여성을 높여 이르던 말.

13 개인적으로 탐정 일을 하는 사람.

16 곤충 채집 때 쓰는 삼각형의 종이 봉투.

19 늘 자리 옆에 갖추어 두고 가르침으로 삼는 말이나 문구.

21 그림 따위 등 특정한 물건을 벌여 차려놓고 일반에게 전시하는 모임.

필까, 스스로 언택하는 삶의 주인이 되는 길

중 3 소녀와 꽤 깊은 우정을 나눈 적이 있습니다. 소녀와 저는 '음악'이라는 교집합으로 친밀감을 느끼고, 교감했습니다. 라이브 공연 관람을 즐기던 소녀에게 "나도 너처럼 자주 공연장에 갔어"라고 했더니 발그레한 볼로 한참을 웃어줬습니다. "어른에게 이런 말 처음 들어요" 소녀로부터 온 회신에 전 뛸 듯 기뻤고, 더 많은 세계를 공유하고 싶어졌습니다. 전 신해철과 밴드 '넥스트'의 열혈 팬인 여고생이었거든요. 모두가 정신없이 달리던 중 3 시기, 소녀는 시험기간 외 시간엔 늘 음악을 듣거나 공연장을 찾으며 찬란한 소녀 시절을 보냈습니다.

지금은 그 아이의 청소년 시기를 생각하며, 전 '스스로 선택하는 삶'의 소중함을 떠올립니다. 제가 소녀에게 끌린 결정적 이유도 거기에 있었으니까요. 소녀도 저도 지칠 줄 모르는 '덕후'였으며, 우릴 건강하게 살게 한 것은 바로 '덕질'이었습니다. '덕질'의 뜻을 전 이렇게 정의하고 싶어집니다. '스스로 삶을 선택한 자의 고유 에너지'

라고요. 청소년 시절부터 무언가를 선택하고 즐길 줄 알았던 소녀는 서울 소재의 한 대학교에 진학, 현재는 원하는 공부를 하러 독일로 유학을 떠났습니다. 어디서나 자기 햇살과 바람을 느끼고 찬미하는 삶의 주인으로 살겠죠.

나이 마흔, 오십이 되어서도 자신이 무엇을 좋아하는지, 누구인지, 어떻게 살아야 할지 막막한 게 보통의 삶입니다. 지금 하는 일을 계속 해야 하는지, 이대로 사는 게 맞는지 회의하며 우울한 나날을 보내는 이도 많습니다. M. 스캇 펙이 그의 저서 『아직도 가야 할 길』에 말했듯, 삶은 고해일지도 모릅니다. 하지만 그는 이어서 말하지요. 삶이 고통스럽다는 사실을 받아들이면 삶의 문제에 스스로 해답을 내릴 수 있기에 더 이상 고통스럽지 않다고요. 만약 이에 더해 좋아하는 것을 스스로 찾고 즐길 수 있다면, 우리는 살면서 조금은 덜 흔들리지 않을까요.

『청소년을 위한 필사 가이드』의 추천 글을 '선택'이라는 키워드로 시작한 이유가 있습니다. 필사라는 연습 또한 선택의 연속이기 때문입니다. 어떤 책을, 어떤 문장을 고를 것인가. 어떻게 읽고, 어떻게 쓸 것인가 모두 선택의 문제입니다. 같은 책을 읽어도 필사하고 싶은 문장이 다르고, 같은 문단임에도 사람마다 달리 읽습니다. 한 예문에 대한 작문도 저마다 다른 모양입니다. 결국 필사 연습이란 정답에서 벗어나, 스스로의 글을 찾는 여행인 것입니다. 명문장과 만나는 어떤 운명, 숙명일지 모릅니다.

소녀 역시 저와 다양한 책을 읽고, 좋아하는 문장을 옮겨 적으며 취향을 만들어갔습니다. 저는 소녀에게, 소녀는 저에게 좋아하는 책을 선물했습니다. 각자 밑줄 그은 부분을 표시해서 교환하기도 했습니다. 그때마다 발견한 '서로 다른 밑줄'에서 서로의 존재를 느끼며 더욱 가까워졌던 어느 봄날의 추억.

소녀는 자신이 선택한 장을 필사하며 고요해졌습니다. 안정감을 찾았습니다. 여고 시절, 고된 입시 시절에도 필사만은 꾸준히 이어 갔습니다. 가끔 제게 "이 책 이 문장 너무 좋지 않아요?"라며 보내 주기도 했습니다.

청소년 시기에 하는 필사는 문장력 향상은 물론, 집중력과 정서 안정에도 탁월한 여행입니다. 그 여정에 필요한 등대지기가 등장 했습니다. 오랜 시간 학생들과 책을 읽고, 글을 써온 공저자 권정희, 전은경, 정지선 작가입니다. 세 분의 집필 과정을 가까이에서 보며 『청소년을 위한 필사 가이드』가 세상에 꼭 필요한 한 권의 책이란 믿음이 두터워졌습니다. 공저팀은 스스로 글 쓰는 학생이 많아지길 꿈꾸며 무수한 새벽의 노동을 버텼습니다. 특히 저와 『필사 문장력 특강』을 공저하고 이번 책까지 쓴 권정희 작가의 수고에 감사드립 니다. 세상이 바뀌려면, 교육이 달라져야 하고, 그 중심에 책 읽기, 글쓰기가 있어야 한다는 공저팀의 믿음에 '좋아요'를 누르는 전 오 늘도 필사의 즐거움을 만끽하고 있습니다.

'5줄 필사'는 한 글쓰기 현장에서 시작되었습니다. "무조건 많이 쓰면 좋아질까요?"라고 묻는 사람들에게 저는 '5줄을 필사한 후 모방해 작문하는 방법'을 추천했습니다. 모호하고, 허약하고, 장황했던 글이 정확하고, 풍부하고, 논리적인 글로 변했습니다. 결정적 증거는 숭례문학당 학습 모임 '쓰기 팀'입니다. 〈톨스토이처럼 쓰기〉 〈도스토옙스키처럼 쓰기〉 〈위화처럼 쓰기〉에서 필사와 작문을 거듭하며 실력은 가파르게 성장했습니다. 교사 연수 현장에서 가장 환영받은 수업 또한 '5줄 필사'입니다. "어떻게 가르쳐야 할지 막막했는데 구체적인 해답"을 주었다는 지지가 이어졌습니다. 그러한 지지가 이어져 성인 대상의 『필사 문장력 특강』이, 이어 『청소년을 위한 필사 가이드』까지 출간되기에 이르렀습니다. 자신 있게 말씀드릴 수 있습니다. 어린이, 청소년, 성인 누구나 쉽게 따라 하면서 실력이 느는 5줄 필사, 글쓰기 부담과 문장력 고민에서 벗어나는 정확한 열쇠입니다.

2018년 11월

김민영 『필사 문장력 특강』 『서평 글쓰기 특강』 저자

이 책을 활용하는 방법

'필사'에 대한 생각은 다양합니다. 확실히 글쓰기에 도움이 된다는 의견부터 저마다 필요한 문장력이 다르므로 효과가 적다는 견해도 있습니다. 한 가지 확실한 점은 어디서부터 어떻게 문장력을 연습해야 할지 모르는 이들에게 필사가 도움이 된다는 사실입니다. 누군가에게는 가장 적절한 글쓰기 훈련법이 필사이기도 합니다. 『모비딕』을 쓴 허먼 멜빌이 셰익스피어의 『오셀로』를 괜히 250번이나 베껴 쓴 건 아니겠지요.

이 책은 자녀(초등 고학년~중등)의 독서와 문장력 문제로 고민하는 부모님, 현장에서 적합한 글쓰기 교재가 없어 고심하는 교사, 혼자서 어떻게든 글을 써보고 싶은데 방법을 몰라 고민하는 청소년을 위해 출간되었습니다. 이 책 1~5장이 어떤 원리로 구성되었는지 알아보고, 특히 필사와 작문을 실습해보는 3~5장을 어떻게 활용하면 좋을지 자세히 설명드리겠습니다. 생각보다 아주 간단합니다.

◇ 게임으로 시작하자

이 책은 1장 이론편과 3~5장 실전편으로 나뉘어 있고, 맨 앞에는 세 가지 게임이 있습니다. 모든 훈련은 놀이처럼 재미있을 때에 가장 큰 효율을 내기에 학생들의 적극적인 참여를 이끌어내기 위해 마련되었습니다. 필사 필요 지수 테스트, 사다리타기, 십자말풀이가 그 게임인데요, 모두 저자들이 현장에서 실제 활용하고 있는 학습 자료입니다. 필사 필요 지수 테스트는 필사가 나에게 얼마나 필요한지 수치로 확인할 수 있는 게임입니다. 사다리타기는 글쓰기에서 자신의 문제가 무엇인지 확인한 뒤 3~5장 중 어떤 장에 주력해야 할지 알려주는 게임입니다. 십자말풀이는 문장의 기본 단위인 단어 자체에 흥미를 느끼게 하는 게임입니다. 학생을 지도하는 부모님이나 선생님도 함께 이 게임을 즐겨보세요.

◇ 1장 "글쓰기 잘하면 '개이득' 이야"

이 책에서 말하는 필사는 문장력 향상을 목표로 합니다. 하지만 많은 학생에게 글쓰기란 논술, 독후감과 직결되는 재미없는 숙제처럼 여겨집니다. 첫 장은 스마트 시대에 글쓰기가 학생들 일상에 어떤 식으로 깊이 침투해 있는지, 글을 잘 쓰면 어떤 이득이 있는가를 다각도로 설명합니다. 이어서 사람들의 공감을 많이 얻는 글, 가령 SNS에서 '좋아요'를 많이 받는 글의 비밀을 살펴보고, 학생들이 토로하는 글쓰기 고충도 사례별로 짚어봅니다. 마지막으로 필사의 역사, 필사가 뇌의 어떤 기능을 자극해 어떤 결과를 내는지 설명합니다. 1장은 부모님이나 선생님이 먼저 읽고 학생들과 공유해도 좋고, 함께 읽으며 의견을 나누어도 좋습니다.

◇ 2장 "하루 5줄만 베껴 쓰면 돼"

필사가 실제로 어떤 효과가 있는지 여러 예시문을 들어 설명하고 구체적인 필사 방법을 안내합니다. 이 책이 강조하는 '하루 5줄 필사'의 원리와 필사하기 좋은 예시문의 요건 등을 정리해주고, 마지막으로 '필사-작문' 과정을 강조합니다.

　부모님이나 선생님은 필사 수업에 앞서 '하루 5줄 필사'를 강조해주면 좋습니다. 현장에서 필사 수업을 해보면 글쓰기 자체에 의욕이 없던 학생도 "하루 5줄만 필사하면 된다"는 말에 부담감을 덜고 임합니다. 그러고 나면 작문에 임하는 자세도 한결 편안해지는데요, 이 책에서의 작문은 원문 형식을 그대로 유지한 채 소재만 바꾸어 쓰는 방법이라 글쓰기 부담감도 덜어줍니다. 물론 모든 필사 예시문이 딱 5줄은 아니에요. 저자가 의도를 가지고 쓴 긴 문장이 포함돼 있거나 단문이 연이을 경우 5줄 이하이거나 이상일 수 있습니다. 예시문을 고를 때는 글의 맥락을 보고 유연하게 접근할 필요가 있습니다.

2장 역시 부모님이나 선생님이 먼저 읽고 학생들과 공유해도 좋고, 함께 읽으며 의견을 나누어도 좋습니다.

◆ 3~5장 "따라 쓰다 보면 어느새 문장 고수"

3~5장은 실습 장입니다. 이 책에 직접 저자들이 고른 명문장을 5줄씩 따라 써보고 모방해서 작문까지 해봅니다. 3장은 '어휘력과 표현력'을 기를 수 있는 문학 예시문, 4장은 '논리력과 추론력'을 기를 수 있는 비문학 예시문, 5장은 '이해력과 설득력'을 기를 수 있는 미디어 예시문이 제시돼 있습니다. 분야마다 단계별(입문-활용-심화)로 구성돼 있으므로 차근차근 밟아나가면 됩니다. 특별한 점은 이 예시문을 모방한 학생들의 작문도 예시되어 있다는 것입니다. 저자들이 현장에서 실제 '필사-작문' 방법으로 학생들을 지도하는 과정에서 나온 생생한 예시문이므로 흥미로우면서도 신뢰감을 줍니다.

만약 학생의 작문 실력이 이미 입문 단계를 지나 있다면 활용이나 심화 단계로 곧장 들어가도 됩니다. 학생이 어느 단계에 올라 있는지 알기 위해서는 입문 단계의 작문도 한 번쯤은 해보면 좋겠지요.

필사-작문 순서

① 필사 예시문을 소리 내어 읽으며 옮겨 적습니다.
② 예시문의 좋은 점과 아쉬운 점을 자유롭게 얘기한 뒤 바로 아래

설명된 '글 분석 포인트'를 공유합니다.

③ 필사 예시문을 모방한 작문 예시문을 함께 읽어봅니다.

④ 작문 예시문을 학생이 자유롭게 분석하도록 한 뒤 예시문 밑에 있는 코칭 내용을 공유합니다.

⑤ 학생이 위 두 예시문을 보고 소재만 바꾸어 원문의 흐름대로 작문하도록 합니다. 이때 필사 예시문과 너무 똑같이 쓰라고 강요하지 마세요. 70퍼센트만 일치해도 성공입니다.

⑥ 학생들이 자신의 작문을 낭독해보도록 합니다.

⑦ 작문에 대한 학생의 의견을 들어본 뒤 코칭을 해줍니다.

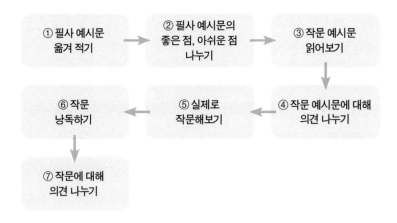

코칭할 때 유의할 점

① 좋은 점과 아쉬운 점을 구체적으로 말해줍니다. 두루뭉술한 코칭은 학생이 장점을 발전시키고 문제점을 개선하는 데 도움이 되지 않습니다.

② 학생들이 직접 코칭을 해보도록 합니다. 이런 과정을 거쳐 글의 흐름을 이해하고 문장 분석 능력을 기르게 됩니다.

◇ 필사 예시문의 기준

책에 있는 필사 예시문 외에도 필사하기 좋은 글은 수없이 많습니다. 이 책 마지막에 있는 '필사하기 좋은 도서 목록'이 좋은 예가 됩니다. 그 밖에 일상적으로 읽는 신문 기사, 웹 게시물, 노래 가사, 책 중에서 좋은 구절을 발견하면 따로 기록해두었다가 필사 예시문으로 활용해도 좋습니다. 필사 예시문의 기준을 간단히 정리하면 아래와 같습니다.

필사하기 좋은 예시문

① 문법에 충실합니다.

② 문장이 쉽고 간결합니다(난이도 선택은 문장 수보다 내용으로 하기).

③ 내용이 구체적입니다.

④ 문장 길이가 다양해 리듬감이 있습니다.

⑤ 논지가 명쾌하고 전개가 논리적입니다.

⑥ 적절한 비유와 다양한 어휘를 사용해 표현력이 풍부합니다.

이 책에는 총 27개의 필사, 작문 예시문이 있습니다. 예시문마다 책에 곧장 실습할 수 있도록 빈칸이 마련되어 있습니다. 처음부터 완벽하게 작문해야겠다는 부담을 버리고 예시들을 참고해 워밍업 한다고 생각하길 권합니다. 자연스럽게 자신만의 작문 스타일을 찾아가는 과정이 되어줄 것입니다.

차례

1장 '좋아요'를 많이 받는 글의 비밀 - 문장력은 최고의 경쟁력

글을 왜 써야 하나요? | 평생 따라다니는 글쓰기 | 글쓰기로 성공한 사람들 | 문장력 향상을 위한 '필사'

폭넓은 어휘력 | 참신하면서도 공감 가는 비유

"내가 무슨 말을 하고 싶은지 모르겠어요" | "한 말을 자꾸 또 해요" | "문장을 길게 써요" | "참신한 소재가 떠오르지 않아요" | "첫 문장 쓰기가 힘들어요"

필사는 인간의 본성이다 | 필사를 통해 수준 높은 의식을 기른다

'좋아요'를
많이 받는 글의 비밀

문장력은 최고의 경쟁력

01

글을 잘 쓰면
뭐가 좋을까?

글쓰기 수업 첫 시간에 가장 많이 받는 질문이 있습니다.

"왜 글을 잘 써야 해요?"

부모님 손에 끌려온 학생과 직접 수강 신청을 해서 온 어른이 공통적으로 품는 의문입니다. 글쓰기 수업에서 꼭 필요한 질문입니다. 이 질문에 납득할 만한 답이 있어야 글쓰기를 시작할 수 있습니다. 목적을 제대로 알지 못하면 그것이 무슨 일이든 잘하기는 어렵습니다. 왜 글을 '잘' 써야 하는지 알기 전에 왜 글을 써야 하는지부터 알아야 합니다. 이 책의 주제인 '필사'는 결국 글쓰기 훈련법 중 하나이기 때문이지요.

◆ 글을 왜 써야 하나요?

여러분이 마지막으로 글을 쓴 건 언제인가요? 오늘일 수도 있고, 어제, 일주일 전, 한 달 전, 기억조차 나지 않는 먼 옛날일 수도 있습니다. 글쓰기라고 하면 많은 사람이 서평, 기행문, 에세이, 소설 등 형식 있는 글을 생각합니다. 표준국어대사전을 찾아보면 '글쓰기'는 '생각이나 사실 따위를 글로 써서 표현하는 일'이라고 명시되어 있습니다. 조금 전에 보낸 문자메시지, SNS에 올린 글, 신문기사에 단 댓글, 통화하면서 끄적인 메모, 모두 글쓰기입니다.

더욱이 요즘은 문자의 시대이지요. 초고속 인터넷 망이 보급되고 SNS가 널리 사용되면서 전화통화보다는 문자로 소통하는 빈도가 점차 높아지고 있습니다. 문자메시지도 하나의 글이라는 사실을 떠올린다면, 거의 모든 현대인이 하루라도 글을 쓰지 않는 날이 없다 해도 과언이 아닙니다. 글쓰기를 하지 않으면 생활이 불편해집니다. 우리가 글을 쓰는 이유는 바로 필요하기 때문입니다.

이제 이런 의문이 다시 떠오릅니다. 전업 작가가 될 생각도 없는데 굳이 글을 잘 써야 할까요? 앞서 말했듯이 SNS 사용으로 이제는 말이 아닌 글로 소통하는 시대가 되었습니다. 외국의 한 인기 드라마에서는 문자메시지가 아닌 전화를 걸어오는 사람을 노인 취급할 정도입니다. 말과 달리 글은 좀 더 조심스럽게 사용할 필요가 있습니다. 말할 때는 표정과 동작, 억양 등이 전달력을 높여주지만 글로는 단어와 구절과 문장으로만 뜻을 전달해야 하니까요. 정확하게 쓰지 않으면 생각이 왜곡돼 전달될 수도 있지요.

문자메시지나 SNS 사용뿐 아니라 학생들이 피할 수 없는 글쓰기도 있습니다. 논술 시험, 자기 소개서, 리포트 작성 등이 그 예이지요. 인생에서 지나가야 하는 큰 관문마다 글쓰기가 있는 셈입니다. 아무리 지식이 폭넓고 생각이 깊어도 글로 잘 표현하지 못하면 그 실력을 입증할 수 없습니다. 글을 꼭 잘 쓸 필요는 없지만 잘 쓰는 편이 유리한 건 확실합니다.

◆ 평생 따라다니는 글쓰기

일기와 독후감 쓰기에 지쳤던 초·중·고 학생 시절, 대학에만 가면 글쓰기를 안 해도 될 줄 알았습니다. 대학에 가니 리포트와 서술형 시험지가 기다리고 있었어요. 하얀 답안지를 따라 머릿속이 하얘졌던 경험을 생각하면 아직도 아찔합니다. 하지만 본격적인 글쓰기와의 전쟁은 대학 졸업 후에 시작됐습니다.

높다란 취업 문턱을 넘기 위해 가장 먼저 해야 하는 일이 글쓰기였습니다. "화목한 가정에서 인자하신 부모님과 행복하게" 살고 있는 수많은 경쟁자와 차별화된 글을 써야 했습니다. 그럴듯한 자기 소개서를 들고 입사한 회사에서는 글쓰기를 하지 않았을까요? 기안을 올리거나 업무 일지 작성, 하다못해 거래처에 메일을 보내는 일까지 글쓰기 없이는 일을 진행할 수 없었습니다.

글쓰기는 우리를 평생 졸졸 따라다닙니다. 이렇게 밀접한 관계를 맺고 있는 글쓰기와 친해지지 않으면 대면하는 매 순간이 고통스럽겠지요. 즐겁게 쓰는 것이 중요합니다. 즐기다 보면 어느 순간 잘하는 경지에도 오를 수 있습니다.

◆ 글쓰기로 성공한 사람들

매일 글을 쓰다가 소설가가 된 사람이 있습니다. 바로 『회색 인간』(요다, 2017)을 쓴 김동식 작가입니다. 그는 공장 노동자로 일하면서 퇴근 후에 매일 소설을 썼습니다. 한 온라인 커뮤니티에 글을 올리고 사람들과 댓글로 소통했습니다. 글쓰기를 배운 적이 없어 처음에는 실수도 많았습니다. 맞춤법을 틀리기도 했습니다. 그럴 때마다 댓글로 조언해주는 사람들의 말을 귀담아 들었습니다. 그의 글은 점점 나아졌고, 그렇게 차곡차곡 쓴 단편은 1년 반 만에 300편이 넘었습니다. 책으로 출판되자 3만 부 이상 판매된 베스트셀러가 됐습니다.

김동식 작가는 "공장에서 만든 물건은 어디로 가서 누가 쓰는지 알 수 없지만, 내가 쓴 글은 어떤 사람들이 읽고, 어떤 생각을 하는지 알 수 있어 좋다"라고 말합니다. 본인이 즐거워서 시작한 일이었습니다. 작가가 인생의 목표도 아니었습니다. 그저 사람들의 반응을 보는 게 좋았습니다. 그렇게 작가가 됐습니다.

글쓰기는 꼭 작가에게만 필요한 능력이 아닙니다. 한 예로 인기 TV 프로그램인 〈고등래퍼〉〈쇼미더머니〉와 같은 힙합 경연 프로그램을 들 수 있어요. 래퍼들이 무대에서 공연할 때 관중들이 특히 열광하는 부분이 있습니다. 라임에 맞춰 재치 있게 랩을 할 때입니다. 즉석에서 랩을 만들어 노래할 때도 한정된 시간 안에 단어를 조합해 라임을 만들어냅니다. 가사 안에 전하고자 하는 메시지도 넣어서 말이지요. 뛰어난 래퍼의 머릿속엔 수많은 어휘가 들어 있기 때문에 적재적소에 찾아서 넣는 게 가능합니다. 가사를 보면 그들의 순발력과 어휘의 방대함을 알 수 있습니다. 단어의 미묘한 차이를 알고 있기 때문에 이런 가사가 나올 수 있습니다. 우승한 경연자는 그런 점에서 더 인기를 얻을 수 있었어요. 랩이 하나의 글로서 얼마나 가치 있느냐를 두고 논란이 이루어질 수는 있지만, 이러한 가사를 쓰려면 예민하고도 풍성한 언어 감각이 필요하다는 데에는 이견이 없을 거예요.

그뿐인가요. 티브이에 자주 나오는 유명 요리사 중 하나는 글 잘 쓰는 셰프로도 알려져 신문 칼럼까지 쓰게 되었고, 남다른 입담을 자랑하는 방송인, 좋은 음악으로 인정받던 뮤지션 중 몇몇은 탁월한 글 실력까지 갖추어 산문집을 내기만 하면 독자들의 큰 반응을 얻기도 합니다.

이처럼 한 분야에서 이미 명망을 쌓은 사람들 중 뛰어난 글쓰기 실력으로 더 큰 인정을 받은 사람은 수없이 많습니다. 자기 생각을 글로 잘 표현하는 능력은 어떤 직업에서든 빛을 발하게 되어 있습니다.

◇ 문장력 향상을 위한 '필사'

소설가이자 철학자인 페터 비에리는 『페터 비에리의 교양 수업』(은행나무, 2018)에서 "단어와 문장을 만나기 전까지 우리는 세상의 인과적 힘에 그대로 노출되어 이리저리 떠밀려 다닌다"라고 말합니다. 쉽게 말하자면 자연 현상, 타인의 행위 그리고 자신의 경험을 이해하려면 언어로 옮길 수 있어야 한다는 뜻입니다. 만약 언어로 옮길 힘이 없다면 결국 세상의 흐름에 맹목적으로 따라가게 됩니다. 표현해낼 수 있는 내 언어가 없으니 결국 다른 사람들의 세상으로 떠밀려 다니게 됩니다. 자신의 생각을 글로 표현할 수 있다는 것은 단순히 글쓰기를 잘하느냐, 못하느냐의 문제만은 아닙니다. 스스로의 가치를 드러내고 강력한 존재감을 보여주는 중요한 수단입니다. 무엇을 향해, 어떤 삶의 방향으로 나아가고 있는지 '나' 자신을 알아가는 과정이기도 하고요. 좀 더 섬세한 눈으로 세상을 바라보고, 깊이 고민하여 나만의 언어로 표현하는 것. 그것이 진정한 글쓰기의 가치입니다.

글쓰기 고수에게 최고의 글쓰기 공부법이 뭐냐고 물으면 계속 글을 쓰는 방법밖에 없다고들 합니다. 너무 뻔한 답이라고 생각할지 모르겠지만 계속 써야 잘 쓸 수 있습니다. 전업 작가도 글을 잘 쓰기 위해 늘 연습합니다.

더 나은 글을 쓰기 위해 다른 사람의 글을 베껴 쓰는 것도 좋은 방법입니다. 『위대한 작가는 어떻게 쓰는가』(교유서가, 2017)의 저자 윌리엄 케인은 "갑자기 허공에서 뚝 떨어진 위대한 작가는 없다"라고 말합니다. 거장들의 글쓰기를 모방하고 이를 응용해 나만의 문장을 만들 수 있습니다. 모방은 창조의 어머니라는 말이 식상하게 들리겠지만 위대한 작가의 글을 따라 쓰는 것만큼 좋은 공부는 없습니다.

『달과 6펜스』『인간의 굴레』를 쓴 영국의 소설가 서머싯 몸은 그의 자전적 에세이 『서밍 업』(위즈덤하우스, 2018)에서 자신의 글쓰기 연마 비법을 풀어놓았습니다. 그는 성서를 읽으며 "나중에 써먹을 요량으로 깊은 인상을 준 문구들을 베끼고 또 기이하거나 아름다운 단어들의 목록을 작성했다"라고 합니다. 또한 자신이 존경하는 작가의 문체를 배우기 위해 문장을 베끼고 암기한 다음 기억에 의존해 그 문장을 다시 쓰는 연습을 했습니다.

이 책은 베껴 쓰는 데에 그치지 않고 필사 예시문 전개에 맞춰 작문까지 하도록 구성돼 있습니다. 좋은 글을 따라 쓴 뒤 모방하여 작문하는 과정은 설령 내가 글을 잘 못 써도 제법 잘 쓴다고 느끼게 해줍니다. 성취감을 안겨주는 글쓰기 방법이지요. 좋은 글이라 검증받은 글을 읽고, 따라 쓰고, 그것을 모방해 작문까지 하다 보면 학생들은 희망을 발견합니다. '아, 나도 잘 쓸 수 있구나!' 이런 생각은 자신감으로 이어집니다.

간혹 '필사 – 작문'을 표절과 혼동하는 이들도 있습니다. 미국의 극작가인 윌슨 미즈너는 "작가 한 사람에게서 훔친다면 표절이지만, 여러 작가에게서 훔친다면 연구 조사다"라고 말했습니다. 우리가 필사 – 작문을 하는 이유는 따라 쓰면서 문장력을 기르기 위해서입니다. 처음에는 필사 예시문에 의지해서 쓰겠지만 최종 목표는 필사 단계를 거치지 않고 바로 작문하는 것입니다. 좋은 글을 따라 쓰는 간단한 방법, 필사로 부족한 글쓰기를 채울 수 있습니다.

그렇다면 어떤 글이 좋은 글일까요? 검증받았다는 그 글들은 어떤 점에서 뛰어날까요? 본격적으로 필사 – 작문을 실습하기 전 좋은 글의 특징이 무엇인지 알아보겠습니다.

02

'좋아요'를 많이 받는 글의 비밀

글은 나를 아는 사람뿐 아니라 모르는 사람을 대상으로도 쓰입니다. 특히 온라인에서는 모르는 사람과 소통하는 일이 비일비재하지요. 나와 알고 지내는 사람에게는 직접 대면했을 때 다 표현하지 못한 나를 드러내고, 나를 모르는 사람에게는 나를 나타낼 수 있는 중요한 수단이 바로 '글'입니다. 직접적으로 '나는 이런 사람이다'라고 말하기보다 즐겨 쓰는 어휘, 어투, 특유의 표현을 통해 나를 보여주게 되지요. 글이 곧 나의 개성을 드러내는 수단이 되는 셈입니다.

내 글이 읽는 이의 공감을 얼마나 이끌어내는지 알기 위해선 일기장 같은 비밀 공간보다는 불특정 다수에게 공개돼 있는 온라인에 쓰는 것이 좋은 방법이 됩니다. 온라인에 글을 쓰면 많은 사람에게 여러 가지 반응을 얻게 됩니다. 사람들은 덧글을 쓰기도 하고, '좋아요'나 '공감' 버튼을 누르기도 하지요. 같은 주제를 다루는데도 '좋아요'를 많이 받는 글이 있는가 하면 주목받지 못하는 글도 있습니다. 내용이 아무리 좋아도 제대로 쓰지 못하면 조회수가 낮을 수밖에 없습니다. 여기서 제대로란 '뛰어난 표현력'을 뜻합니다. 사람들의 시선을 잡는 글은 대체로 표현력이 좋습니다. 표현력이 뛰어난 글의 특징은 무엇일까요?

◆ 폭넓은 어휘력

글쓰기 수업 시간에 수강생들과 서로의 글을 읽고 감상을 나누곤 하는데요, 이것을 '합평'이라고 합니다. 종강하는 날에는 글쓴이의 이름을 지우고 '블라인드 합평'을 합니다. 신기하게도 대부분의 수강생이 글을 읽고 단번에 글쓴이를 찾아냅니다. 내용으로 유추하기도 하지만 대부분은 사용한 단어와 문장 스타일에서 단서를 찾습니다. 심리학자 제임스 페니베이커는 『단어의 사생활』(사이, 2016)에서 글에 드러나는 그 사람만의 개성을 '언어의 지문'이라고 표현했습니다. 이 책에서 페니베이커는 '단어'라는 단서가 있다면 그 단어를 사용한 사람의 성격, 심리, 타인과의 관계뿐 아니라 지금껏 살아온 배경과 앞으로의 행동까지도 파악할 수 있음을 과학적으로 밝혀냈습니다. 내가 무심코 사용하는 단어가 나를 보여준다고 하니 과연 언어에도 지문이 있다고 할 만합니다. 자연히 알고 있는 단어가 많아야 표현의 폭도 넓어지겠지요.

특히 IT 기기를 일상적으로 사용하는 시대에 어휘력은 큰 힘을 발휘합니다. 사람들의 주목을 받기 위해서는 한번 읽고 바로 뜻을 알 수 있게 써야 합니다. 니콜라스 카라는 작가는 『생각하지 않는 사람들』(청림출판, 2011)에서 웹 페이지의 글을 읽을 때 사람들의 시선이 알파벳 F 자 형태를 띤다는 연구 결과를 설명합니다. 처음 몇 줄은 끝까지 읽지만 그 뒤로는 문장 중간까지 읽으면서 시선을 빠르게 이동시킨다는 거지요. 웹 게시물을 정독하는 사람은 많지 않습니다. 눈에 들어오는 핵심 단어만 찾아 읽습니다. 그 핵심 단어가 흥미로울 때만 정독으로 이어지고, 정독이 바로 '좋아요'로 이어집니다. 어휘력이 중요한 이유입니다.

시대의 흐름을 반영하는 신조어

하루가 다르게 새로운 단어가 쏟아져 나오고 있습니다. 이 신조어는 보통 청소년을 중심으로 형성되고, 사전에도 없기에 말장난에 불과하다고 생각할 수도 있습니다. 하지만 모든 말은 필요에 의해 생겨납니다. 신조어가 시대를 반영한다는 뜻입니다.

예를 들어, '갑질'이라는 말을 살펴볼까요. 이 단어는 '갑甲'이라는 말과 무언가를 낮잡아보는 의미의 접미사 '-질'이 합쳐진 신조어입니다. 계약 권리에서 양쪽을 가리키는 '갑'과 '을' 중에서 상대적으로 우위에 있는 갑의 무례한 행동을 가리킬 때 보통 "갑질한다"라고 표현하지요. 이 신조어의 탄생은 더 높은 지위, 직급, 위치에 있는 사람들이 그렇지 않은 이들에게 피해를 주는 사회 현상을 반영하고 있고 이제 언론에서는 통상적으로 사용하는 말이 되었습니다.

물론 신조어는 대개 언어유희의 결과로 탄생하고, 언어유희는 유머의 소재로 이용됩니다. 바로 알아듣지 못하면 한 박자 늦게 웃게 됩니다. 그나마 따라 웃을 수 있다면 다행입니다. 끝내 그 의미를 알지 못해 마음만 답답할 수도 있습니다. 운이 좋으면 잠들기 전에 생각나서 한참을 혼자 웃을 수도 있고요. 언어유희로 웃음을 주기 위해서는 예민한 언어 감각이 있어야 합니다. 특히 동음이의어를 활용한 유머는 어휘의 정확한 뜻을 알아야 웃을 수 있습니다. 웃기지 않는 거라면 어쩔 수 없지만 몰라서 웃지 못하는 상황은 피하는 게 좋겠지요.

대표적인 신조어로는 요즘 학생들이 많이 쓰는 '급식체'가 있습니다. 급식을 먹는 학생들이 사용하는 말이라서 '급식체'라고 하는데요, 이 말은 SNS가 널리 사용되면서 만들어졌습니다. 편리함을 위해 줄여 말하는 것이 '급식체'의 특징입니다.

사서교사 황왕용은 광양백운고등학교 1학년 학생들과 『급식체 사전』(학교도서관저널, 2018)이라는 책을 출간했습니다. 저자가 학생들과 함께했던 '급식체 사전 만들기 수업'의 내용을 엮은 책입니다. 교사가 표준어도 아니고 급식체를 학생들과 공부하다니 의아하게 여기는 사람도 있겠지만 세대 간 대화가 원활하게 이루어지지 못하는 세태를 극복하기 위한 의미 있는 작업입니다. 이 책에 실린 단어는 '개이득', '실화냐', '어그로', '갑분싸' 등인데요, 이런 말까지 학습해야 하나 싶겠지만 적재적소에 쓰면 재치 있는 표현에 도움이 됩니다.

물론 논술 시험이나 공식적인 글에 이런 신조어를 쓸 수는 없습니다. 더욱이 세월이 흐르고 생활양식이 변화하면 말도 새로 생기거나 사라지기 마련이어서 급식체 역시 언젠가 사라질 수도 있습니다. 다만 이 신조어가 그 시대를 이해하는 데 중요한 단서가 되고 있으며, 우리말이 변해가는 과정을 관찰하는 데에 도움이 되고, 그러한 맥락에서 신조어를 알고 이해하는 것은 큰 의미가 있습니다.

내가 몰랐던 순우리말

『혼불』의 저자 최명희는 "언어는 정신의 지문이고 모국어는 모국의 혼"이라고 말했습니다. 언어에 민족의 혼이 담겨 있다는 뜻인데요, 이런 언어를 천년만년 계속 사용하면 좋겠지만 언어는 시대에 따라 바뀌는 성질이 있습니다. 이를 언어의 '가변성'이라고 합니다. 위에서 말한 신조어도 이런 언어의 가변성으로 인해 만들어진 것이지요. 언어는 끊임없이 태어나고 사용되다가 사멸합니다. 우리말의 보고라 알려진 홍명희의 『임꺽정』을 보면 조상들이 사용했던 우리

말이 나옵니다. 지금은 잘 사용하지 않는 순우리말을 발견하고 그 뜻을 유추하는 과정이 흥미롭습니다.

> 금동이는 사람이 별미쩍고 무식스러우나 아내만은 부모보다도 더 각별히 위하여서 별 탈이 없었지만, 금동이 어머니가 며느리에게 까다로워서 섭섭이의 시집살이가 고되었다. 처음에는 섭섭이가 무무하다고 잔소리쯤 하던 것이 날이 갈수록 차차 심하게 되어서……
>
> 홍명희, 『임꺽정』 2권, '피장편' 중에서

앞뒤 문맥상 '별미쩍다'란 단어가 긍정적인 뜻은 아니라고 예상할 수 있습니다. 국어사전을 찾아보면 '말이나 행동이 어울리지 않고 멋이 없다'라는 뜻입니다. '무무하다'는 '교양이 없어 말과 행동이 서투르고 무식하다'로 설명되어 있습니다. 같은 의미를 담고 있는 말이라도 어떤 어휘로 표현하느냐에 따라 글의 분위기가 달라집니다. 소멸해가는 우리말을 적절히 사용하면 국어만이 가진 고유한 느낌으로 인상적인 글을 쓸 수 있고, 사라지도록 두기엔 아름다운 표현들도 지킬 수 있습니다.

어려워서 피하고 싶은 한자어

우리가 사용하는 언어의 대다수는 한자어로 되어 있습니다. 한자어가 우리말이 아니라고 생각하는 사람들도 있는데요, 중국의 영향으로 사용했던 한자어도 우리말입니다. 한자어는 각 한자의 '음'과 '훈'을 모두 익혀야 하는 번거로움이 있습니다. 하지만 그런 만큼 압축된 단어로 의미를 표현할 수 있는 장점도 있습니다. 동음이의어의 경우 괄호에 한자를 써 뜻을 구분하기도 합니다. 한자어를 순우리말로 바꾸자는 의견도 많지만 이미 우리 생활에 깊게 들어와 있는 한자어를 모두 바꾸기란 불가능합니다. 설탕雪糖, 포도葡萄, 양말洋襪 등 일상에서 쓰이는 이런 말이 모두 한자어인 건 알고 있었나요?

한자어를 사용하느냐, 순우리말을 사용하느냐에 따라 느낌이 달라지는 경우도 있습니다. 예를 들어 '심장心臟'의 순우리말인 '염통'을 사용한 표현을 보겠습니다. 슬픈 일을 겪고 "나 심장이 너무 아파"라고 말하는 것과 "나 염통이 너무 아파"라고 말하는 것의 간극이 느껴지나요? 식당에서 파는 '염통꼬치'를 '심장꼬치'라고 했을 때의 느낌도 사뭇 다릅니다. 무조건 순우리말을 고집하기보다 적절하게 한자어를 배치해 문장의 의미를 분명히 하고 어울리게 표현할 줄 아는 능력이 진정한 어휘력입니다.

글은 아는 만큼 쓸 수 있습니다. 단어도 아는 만큼 활용할 수 있습니다. 뛰어나다고 인정받는 글을 보면 같은 뜻이라도 여러 가지 단어를 사용한다는 사실을 알 수 있습니다. 『시녀 이야기』(황금가지, 2018)를 쓴 마거릿 애트우드는 작가에게 필요한 세 가지로 현실에 대한 이해, 문법책, 유의어 사전을 꼽았습니다. 여기서 우리가 눈여겨볼 항목은 바로 '유의어 사전'입니다. 작가들도 같은 단어를 반복해 쓰는 일을 피하기 위해 유의어 사전의 도움을 받습니다. 한자어와 순우리말, 때에 따라서 적절한 신조어를 사용하면 동어를 반복하지 않을 수 있으므로 좋은 문장력의 기본기를 갖추게 됩니다.

◆ 참신하면서도 공감 가는 비유

사람들의 많은 반응을 얻는 글은 대체로 가독성이 뛰어나지요. 앞에서도 웹 게시물의 독자는 F 자형 양상을 띠며 글을 읽는다고 설명했지만, 특히 온라인 글은 가독성이 관건입니다. 가독성을 위해서는 짧은 문장, 인상적인 어휘 사용 등 여러 가지 요소가 필요하지만 그중 참신하면서도 공감을 이끌어내는 비유도 큰 영향을 미칩니다.

글을 쓰다 보면 간혹 누구도 쓴 적이 없는 새로운 표현을 쓰려는 욕심이 들 때가 있습니다. 사람들의 시선을 잡기 위해서이지요. 이때 주의해야 할 사항은 나 혼자만 아는 표현을 쓰기보다는 타인도 공감할 만한 표현을 사용해야 한다는 점입니다. 전혀 어울리지 않는 비유를 해서 독자에게 혼란을 주면 안 됩니다. 예를 들어, '준비'의 중요성을 강조하는 글의 맨 첫 줄이 이렇게 시작한다고 가정해볼까요.

"'나무에 올라가서 물고기를 찾는다'라는 말이 있습니다."

인용 구절은 '목적과 수단이 맞지 않아 불가능한 일을 굳이 하려는 것'을 비유하는 말입니다. '준비'와는 무관한 말이지요. 이 말은 어떤가요?

"'소 잃고 외양간 고친다'는 말이 있습니다."

준비의 중요성을 잘 나타내는 말이지만 너무 익숙한 속담이라서 독자의 시선을 끌기에는 부족함이 있습니다.

이런 표현은 어떨까요?

"'나무를 베는 데 한 시간이 주어진다면, 도끼를 가는 데 45분을 쓰겠다'라는 명언이 있습니다."

같은 의미이지만 새로우면서도 한 번에 이해할 만한 비유입니다. 누구나 공감하면서도 새롭다고 느낄 만한 표현을 끌어내기 위해서는 늘 쓰던 패턴에서 벗어나는 글쓰기를 시도해야 합니다. 좋은 문장과 참신한 비유를 많이 보고, 많이 따라 써보는 겁니다. 이런 과정을 반복하다 보면 좋은 표현을 찾아내는 내공이 길러집니다.

이 책 3~5장에서 다양한 필사 예시문을 보며 직접 필사를 해보게 될 텐데요, 이 예시문의 특징은 단어를 반복해 사용하지 않고 적절하고 참신한 표현으로 쓰였다는 겁니다. 이런 글들을 옮겨 적으면 잘 몰랐던 다양한 어휘뿐 아니라 새로운 표현력까지 습득하게 됩니다.

03

"내 글이 이상한가요?"
- 내 문장 클리닉

우리는 매일같이 문자메시지를 보내고, 이메일을 쓰고, 웹 게시물에 덧글을 다는 등 수시로 글쓰기를 하고 있습니다. 많은 젊은이들이 문자메시지를 보내는 대신 전화를 하면 번거로워할 정도입니다. 이제 글쓰기는 시간을 내어 하는 특별한 활동이 아닌 생활의 일부인 셈입니다.

이렇게 매일같이 글을 쓰면서도 막상 독후감, 논술, 편지 등 형식을 갖춘 글을 써보라고 하면 대부분 큰 숙제를 떠안은 듯한 기분을 느낍니다. 글 쓰는 방법도 막막하게 여겨지지만 내 글이 의도대로 전달되었는지 확신이 서지 않습니다. 가끔은 내 의도와 전혀 다르게 해석되기도 해요. 자신의 독후감을 여러 번 읽고 고쳤는데도 다른 뜻으로 전달되고, 좋은 평가를 받지 못하는 학생들은 공통으로 이렇게 묻습니다.

"내 글이 이상한가요?"

"잘 쓰지 않았나요?"

무엇이 문제인지 진단해볼까요?

◆ "내가 무슨 말을 하고 싶은지 모르겠어요"

제가 지도하고 있는 한 중학교 3학년 학생의 이야기입니다. 이 학생은 글쓰기에 대한 두려움이 없습니다. 주제와 상관없이 빨리, 많이 씁니다. 첫 문장 쓰기조차 힘든 친구들은 이 학생을 부러워하고, 본인도 그런 특성을 장점이라고 생각해요. 하지만 이 학생의 글을 꼼꼼히 읽어보면 지도교사로서 난처할 때가 많습니다. 분명 한 문장 한 문장은 화려하지만 무엇을 말하고자 하는지 알 수 없거든요.

물론 학생의 어휘력은 좋습니다. 다양한 어휘를 적재적소에 배치할 줄 알고, 또래 학생들이 잘 모르는 표현도 많이 알고 있습니다. 가끔은 '직접 쓴 문장이 맞나? 혹시 어딘가에서 베껴 쓴 건 아닐까?'라는 의혹을 불러일으킬 정도입니다. 그런데 왜 이 학생의 생각은 읽는 이에게 전달되지 않을까요?

그 이유는 글 쓴 사람의 '생각'이 들어 있지 않아서입니다. 사실을 전달하는 능력은 뛰어나지만 자신의 생각을 드러내는 데에는 서

툴었습니다. 유명인의 말을 인용하고, 적절한 비유도 자연스럽게 담아냅니다. 하지만 "그래서 하고 싶은 말이 대체 뭔데?"라는 질문을 반복해서 하게 합니다. 한 편의 글에는 자신의 생각이 분명히 드러나야 합니다. 신문기사처럼 사실만을 기록해야 하는 상황이 아니라면 글쓴이의 입장과 해석을 담아야 합니다. 그렇다면 나만의 해석은 어떻게 하는 걸까요?

먼저 책을 읽은 후 스스로에게 질문지를 만들고 답을 해보면 책을 어떻게 바라보고 있는지 알 수 있습니다. 이때 주의할 점은 개방형 질문을 해야 한다는 것입니다. '예', '아니오' 중 하나를 선택하는 단답형 답이 나오지 않는 질문을 만들어야 합니다.

다음은 독후감을 쓰기 전 자신에게 던질 만한 질문의 예시입니다.

- 가장 인상적인 장면은?
- 가장 불편했던 지점은?
- 작가에게 하고 싶은 말이 있다면?
- "이 책은 _____에 대해 말하고 있어" 라고 정의해본다면?
- 가장 인상적인 인물은 누구? 그에게 하고 싶은 말은?

예시와 같은 질문을 만들고 답을 작성하면 책의 키워드가 보이고, 불편했던 지점의 내용은 자신이 어떠한 가치관을 지녔는지 알려줍니다. 이때 답을 쓰는 과정에서 가장 유의해야 할 점은 설득력 있는 근거를 제시해야 한다는 것입니다. '왜 그렇게 생각했는지', '왜 그렇게 보았는지'를 논리적으로 자세히 써봐야 합니다. 바로 그 부분이 '자기만의 해석'이 되기 때문입니다. 만약 설득력 있는 이유를 쓰기 힘들다면 좋은 방법이 있습니다. 좋은 독후감을 필사해보는 겁니다. 반복해서 읽고, 필사하면 글쓴이가 드러낸 자기만의 해석 방법을 파악할 수 있습니다.

◇ **"한 말을 자꾸 또 해요"**

문장력이 부족한 학생이 가장 많이 하는 실수가 바로 '반복'입니다. 같은 단어를 다시 쓰고, 같은 내용을 또 말합니다. 이렇게 되면 글이 지루해지고 긴장감이 떨어집니다. 불가피하게 같은 내용을 써야 할 경우 의미는 같지만 다른 표현으로 바꾸어 써야 합니다. 어휘력이 부족한 경우에도 동어 반복이 많아집니다. 평소에 쉽게 읽히는 글보다 낯설게 다가오는 글을 읽으려고 노력해야 어휘력을 늘릴 수 있습니다. 의도적으로 낯선 환경으로 들어가 새로운 어휘를 접해야 합니다. 편독을 하지 말아야 하는 이유도 여기에 있습니다. 다양한 분야의 책을 읽으면 어휘력은 저절로 향상됩니다.

　다음 문장을 한번 읽어보세요.

스타린은 학병가가 되기 위해 학생 신분이었지만 비밀 활동을 하는 직업인 혁명가가 되었다.

→ 스탈린은 학생 신분이었지만 비밀 활동을 하는 직업 혁명가
가 되었다.

② 먼저 소희의 상황을 이야기하자면 예전에 아빠를 잃고 엄마
는 재혼하신 상황이다. 소희는 할머니와 살다가 돌아가시면서 엄
마와 같이 살게 되었다.

→ 소희는 어릴 적에 아빠를 잃었고, 얼마 후 엄마가 재혼을 했다.
그래서 할머니와 살았지만 돌아가시면서 엄마와 지내게 되었다.

①번 문장은 단어 반복의 예시입니다. 한 문장에서 '혁명가'를 두
번 사용했죠. 이런 경우 하나를 삭제하고 문장을 자연스럽게 연결
해주어야 합니다. 앞에 쓰인 '혁명가가 되기 위해'는 삭제해도 의미
전달에 문제가 없습니다. ②번 문장은 '상황을, 상황이다', '살다가,
살게 되었다'가 반복되었습니다. 불필요한 단어인 '상황'을 삭제하
고 '살게 되었다'를 '지내게 되었다'로 변경하면 문장 흐름이 매끈
해집니다.

◆ **"문장을 길게 써요"**

글로 소통하는 것은 말로 소통하는 것과 큰 차이가 있습니다. 글은

표정이나 행동과 같은 비언어적 표현을 겸할 수 없어 오로지 내용으로만 의미를 전달해야 합니다. 그래서 글은 종종 다른 의미로 읽히기도 합니다. 상대가 오해하지 않는 글을 쓰려면 어떻게 해야 할까요? 먼저 읽는 사람의 입장을 고려하며 써야 합니다. 모든 사람은 자기 방식대로 이해하려는 경향이 있습니다. 그렇기 때문에 글쓴이의 문장에 읽는 이의 감정을 실어 해석합니다. 만약 글쓴이의 생각대로 읽는 이가 이해한다면 좋은 글이라고 할 수 있습니다.

쉽고 짧게 쓰면 오해를 줄일 수 있습니다. 문장이 길다는 것은 많은 내용을 담고 있다는 의미입니다. 전달력이 떨어질 수밖에 없습니다. 『필력』(지음, 2017)의 저자 이남훈은 짧은 문장이 좋다는 신화를 버리라고 말합니다. "과한 단문은 종합적인 사고력을 담아내지 못할 뿐 아니라 부자연스럽기까지 하다"고 강조합니다. 저자의 말처럼 짧은 문장이 항상 좋은 것은 아닙니다. 오히려 접속사를 남발하게 하고 글의 흐름을 끊을 수도 있습니다. 하지만 단문은 단단한 힘이 있습니다. 빠르고 정확하게 독자에게 다가갑니다. 불필요한 오해를 만들지 않습니다. 이남훈이 제시한 방법은 짧은 문장과 정돈된 긴 문장을 적절히 사용하라는 것입니다. 그러려면 문장을 자유자재로 다룰 줄 알아야겠지요.

◈ "참신한 소재가 떠오르지 않아요"

학생의 일상은 늘 비슷합니다. 학교에 다녀온 후 숙제를 하거나 학원에 갑니다. 저녁을 먹고 밤이 되면 잠을 잡니다. 크게 다른 일이 벌어지지 않습니다. 일상의 반복처럼 대화도 반복됩니다. 부모님은 매일 '숙제해야지', '밥 먹었니?', '공부해라' 같은 말을 합니다. 모르기는 해도 학생들은 이런 말을 들을 때마다 이렇게 외치지 않을까요? '나도 알아요!'

글쓰기도 마찬가지입니다. 누구나 다 알고 있는 뻔한 내용은 좋은 글로 나아갈 수 없습니다. 신선한 소재의 이야기에 끌리고, 미처 생각하지 못했던 관점이 제시될 때 읽는 이는 몰입합니다. 미국 경제학자 스콧 니어링은 "생각하는 대로 살지 않으면 사는 대로 생각한다"라는 말을 남겼습니다. 변화 없는 일상이지만 그 안에서 깊이 생각하려고 노력하지 않으면 특별할 것 없는 날만 이어지게 마련입니다.

글을 쓸 때, 진부한 표현들과 맞서야 합니다. 쉽게 떠오르는 비유를 경계하고, 낯설게 보고, 다르게 쓰려고 시도해야 합니다. 나의 글을 읽고 "그건 나도 알아!"라고 말하는 이가 없을지 한 번 더 고민한다면 문장에 힘이 담기고 다른 시선이 담긴 글을 쓸 수 있습니다.

◆ **"첫 문장 쓰기가 힘들어요"**

모든 글의 첫 문장은 특별합니다. 어디서, 어떻게 이야기를 시작하고, 글쓴이가 어떤 방식으로 글을 이끌어나갈지 가늠하는 기준이 되기 때문입니다. 이는 글을 쓰는 사람에게도 적용됩니다. 멋진 첫 문장으로 독자의 시선을 끌고 싶고, 의미 있는 내용을 담고 싶은 욕망이 있습니다. 하지만 그 욕망을 실현해줄 좋은 문장은 쉽게 떠오르지 않습니다. 고민을 거듭하던 많은 학생은 다음과 같은 유형의 첫 문장으로 시작합니다. 독후감의 예입니다.

- _____라는 책을 읽었다.
- 이 책은 _____ 내용이다.
- 어느 날, _____ 일이 벌어졌다.
- 이 책의 주인공은 _____이다.

　나쁘지 않습니다. 책의 내용에서 크게 벗어나지 않았고, 독후감에서 책 소개는 반드시 필요한 내용이니까요. 한 가지 아쉬운 점은 '누구나' 이렇게 쓴다는 것입니다. 천편일률적인 시작은 읽는 이에게 정보를 제공해줄 수는 있지만 감흥을 줄 수 없습니다. 자 그럼 이름난 저자들은 첫 문장을 어떻게 시작하는지 살펴볼까요?

　　새 학년 첫날의 복도에선 방학 내내 갇혀 있던 먼지 냄새가 났

다. 하지만 그 냄새는 아이들의 재깔거림에 맥을 추지 못하고 사라
져 버렸다. 수천 마리의 참새가 동시에 지저귀는 듯한 엄청난 소리
는 먼지뿐 아니라 학교 지붕도 날려 버릴 기세다.

이금이, 『유진과 유진』, 푸른책들, 2004, 7쪽

새 학년 첫날 분위기가 느껴지나요? '먼지'와 '냄새'라는 단어를
이용해서 분주하고 떠들썩한 교실 분위기를 그려내고 있습니다. 먼
지, 냄새 이런 단어는 누구나 다 아는 어휘입니다. 하지만 그 보편
적인 단어를 이용해서 생생하게 느껴지는 첫 문단을 완성했습니다.
교실 분위기와 아이들의 모습을 예리하게 관찰했기에 만들 수 있었
던 문장입니다.

'펜은 칼보다 강하다The pen is mightier than the sword'라는 말이 있습
니다. 만약 펜과 칼이 서로 싸우는 일이 일어난다면 정말로 칼의
날카로움이 펜의 힘을 이기지 못할까요? 칼을 휘두르는 사람을 연
필이나 볼펜만 가지고 과연 막아 낼 수 있을까요?

구본권, 『뉴스, 믿어도 될까?』, 풀빛, 2018, 21쪽

명언으로 첫 문장을 시작한 예시입니다. 언론과 권력의 싸움을
비유하여 표현했습니다. 이 글은 명언을 인용한 문장과 그다음 이
어지는 문장의 흐름을 주목해서 봐야 합니다. 널리 알려진 명언에

'과연 그럴까?'라는 의문을 제기해 현실적으로는 불가능하지만 그러한 일이 벌어지고 있는 상황을 절묘하게 이끌어냈습니다. 읽는 이를 끌어들이는 힘이 느껴지는 글입니다.

지금까지 학생들이 글쓰기에서 호소하는 고민을 몇 가지 살펴보았는데요, 이 밖에도 훨씬 많은 요인이 문장력 훈련을 힘들게 합니다. 아무리 고쳐 쓰고 어휘력을 기르기 위해 노력해도 문장력은 쉬이 나아지지 않지요. 이때 필사는 글쓰기를 가로막는 여러 요인을 동시에 자극하기에 효과적인 도구가 됩니다. 대체 필사는 언제부터 시작된 글쓰기 훈련법일까요? 필사가 어떤 원리로 도움을 주는 걸까요?

04

고대부터 시작된
필사

흔히 모방이란 말은 부정적으로 쓰이지요. 인공지능이 인간이 해왔던 수많은 노동을 대신해주는 4차산업혁명 시대가 도래하면서 '창의성'은 어느 때보다 중요한 자질이 되었습니다. 인공지능이 할 수 없는 창의적인 일을 해낼 수 있어야 인정받는 시대가 되었습니다. 창의성은 무엇일까요? 다른 것을 모방하지 않고 완전히 새로운 것을 처음 만들어내거나 기존 정보를 새롭게 조정해 유용한 사물을 만들어내거나 아이디어를 생각해내는 능력을 말합니다.

하지만 고대 그리스 철학자 아리스토텔레스는 조금 다른 말을 했습니다. 인간은 "어릴 때부터 본능적으로 모방을 하며, 인간이 다른 동물들과 다른 점도 인간이 가장 모방을 잘하며, 처음에는 모방을 통해 지식을 습득"(『수사학/시학』, 숲, 2107)한다는 것입니다. '모방'이 인간의 본성이며, 문학과 예술은 이런 모방 본성에 의해 탄생한다는 말이지요. 생각해보면 그럴 법도 합니다. 유아기 아이들의 옹알이나 표정은 모두 자신을 양육하는 이의 것을 모방한 결과잖아요.

◇ 필사는 인간의 본성이다

필사야말로 '모방'의 대표적인 사례입니다. 그냥 비슷하게도 아니고 문장부호 하나까지 똑같이 베껴 쓰는 것을 목표로 하지요. 아리스토텔레스의 말처럼 모방이 인간 본성이라면 필사는 그 본성에 100퍼센트 부합하는 행위입니다. 『거장처럼 써라』(이론과실천, 2011)의 저자 윌리엄 케인도 '필사'는 오래전부터 전해 내려온 훌륭한 문장력 훈련법이라고 했는데요, 이 책에 의하면 아리스토텔레스뿐 아니라 고대 로마 저술가이자 철학자 키케로와 수없이 많은 위대한 작가도 '모방'이 훌륭한 문장력 훈련이라는 데에 이견을 달지 않았다고 합니다.

◇ 필사를 통해 수준 높은 의식을 기른다

뇌신경학자들은 우리가 어떤 글을 암기해서 낭송하는 일을 반복하면 뇌는 대상 자체를 모방하는 것이 아니라 그 안에 들어 있는 '정신의 패턴'을 모방한다고 합니다. 모방을 통해 언어와 학문을 익히고, 예술을 창조하는 사람이 되는 겁니다. 이런 과정을 거치지 않으면 언어를, 학문을, 예술을 익히거나 창조할 만한 높은 수준의 의식이 발달하지 못한다는 뜻입니다.

실례로 역사에서 가장 위대한 신학자로 불리는 아우구스티누스 이야기가 있어요. 그는 어린 시절에 매우 열악한 교육 환경에 놓여 있었다고 합니다. 학교에 가봤자 라틴 고전 작품들만 통째로 외우는 게 전부인 교육을 받았다고 해요. 과학도, 역사도, 철학도 배우지 못했지요. 하지만 그는 이 같은 교육 환경 덕분에 오히려 역사에 남는 인물이 되었습니다. 그가 외워버린 작품들은 하나같이 구어체로 쓰인 수준 높은 시와 산문이었거든요. 사람의 감정과 생각을 간결하고 논리적이며 쉽게 표현한 문장들을 철저히 외운 것을 토대로 그는 훗날 청중과 독자들을 설득하고, 감동을 주는 언변력을 갖추게 되었습니다.

필사는 암기와 암송보다 훨씬 쉬운 모방법입니다. 보면서 소리 내어 읽어보고 그냥 옮겨 적으면 되는 활동이지요. 필사라는 모방 활동을 통해 언어와 새로운 지식을 익히고, 창의적인 표현법을 익힌다면, 창의성이 무엇보다 중요한 자질인 현대 사회에서 큰 힘을 얻게 될 것입니다.

2장

하루 5줄 필사로
향상되는 문장력

필사의 효과와 방법

01

필사, 긴 글을 읽는 힘을 길러준다

스마트폰 하나로 모든 사람과 온갖 정보를 접할 수 있는 세상입니다. 가족과 친구, 학교와 놀이, 문화와 각종 아이디어 등 모든 관심사가 손안의 작은 기기 안으로 이동했죠. 작은 화면 안에 그 많은 정보가 담겨야 하고, 이동 중에도 검색해 읽어야 하다 보니 사람들이 긴 글보다는 짧고 인상적인 글, 필요한 정보만 요약된 글을 선호하게 되었습니다. 대부분의 학생들은 입시 준비 때문에 교과서 말고 다른 책을 읽을 여유가 없는데 수업 시간 외에는 스마트폰 안에 정리된 요약 글을 접하게 되는 것이지요. 안타깝게도 짧은 글은 결론 중심으로 서술되기 때문에 전후 맥락이 생략된 경우가 많아 독자는 깊이 사고할 시간과 기회를 잃고 있습니다.

◆ 가장 느린 독서법

글쓰기를 좋아하고 잘하는 사람들을 보면 공통점이 있습니다. 짧은 글만을 선호하지도 않고 한 작품을 순식간에 있는 그대로 읽지도 않아요. 가령 문학 작품을 읽을 때는 인물의 대화, 서사 방법, 묘사 등을 자세히 관찰하고 분석하며 읽습니다. 이를 통해 인물의 처지와 입장에 공감해요. 더 나아가 실제 삶에서 비슷한 경험을 할 때 상황을 판단하고 결정하는 데 독서를 통해 얻은 지혜나 지식을 활용하기도 하지요.

필사는 가장 느린 독서법입니다. 한 줄 한 줄 옮겨 적으며 그 문장의 의미와 전후 맥락을 짚어보고, 쉼표 하나에서 생기는 미묘한 의미까지 파악하게 해주는 독서법이 필사이지요. 한 줄 한 줄 천천히 읽어나가는 힘은 자연히 긴 글을 읽는 인내심을 길러줍니다. 더욱이 이 책은 필사한 다음 모방하여 작문하도록 구성돼 있기 때문에 자신이 읽은 내용을 실제 경험과 연결 지어 써볼 수도 있습니다.

◆ 가장 큰 효과를 내는 독서법

다음은 독일 작가 프란츠 카프카 『변신』의 발췌문입니다. 하룻밤 사이 갑자기 벌레로 변한 한 남자의 이야기를 담고 있죠. 저와 공부하는 한 중학교 1학년 학생은 이 글을 읽고 인물의 심리를 내용에서 짐작할 수 있었다고 해요. 주인공 그레고르의 아버지는 세상에 대한 궁금증도 많고 자존감이 굉장히 강한 사람 같다고 했어요. 다음 발췌문을 읽고 여러분만의 생각을 정리해보세요.

식탁 위에는 아침식사 때 식기들이 비좁을 정도로 가득 놓여 있었다. 아버지에게는 아침식사가 하루 세 끼 중 가장 중요한 식사였기 때문이다. 아버지는 각종 신문을 읽으며 아침식사를 몇 시간씩이나 끌었다. 바로 맞은편 벽에는 그레고르의 군대 시절 사진이 걸려 있었다. 소위로 복무하던 때의 그 사진 속에서, 군도에 손을 얹은 채 천진하게 미소 짓고 있는 그는 자신의 자세와 제복에 경의를 표해주기를 바라는 듯했다.

프란츠 카프카, 『변신』, 문학동네, 2014, 33쪽

다음은 위 예시문을 학생이 그대로 베껴 쓴 뒤 형식에 맞춰 작문한 글입니다.

급식실 식탁 위에는 점심 때 나눠준 반찬들이 잔뜩 놓여 있었다. 교장 선생님에게는 점심이 하루 중 가장 중요한 시간이었기 때문이다. 교장 선생님은 괜스레 급식실을 돌아다니며 학생들과 인사를 나누는 등 급식실에 머무르는 시간을 끌었다. 줄을 서 있는 학생들은 저마다 친구들과 함께 웃고 떠들고 있었다. 화창한 날, 즐거운 점심시간 속에서, 교장 선생님과 눈이 마주쳤지만 모

른 척 고개를 돌려버리는 아이들은 그가 어서 나가주기를 바라는
듯했다.

위 작문을 보면 학생들이 교장 선생님을 어떻게 보는지 잘 묘사
돼 있습니다. 한 줄 한 줄 옮겨 적은 뒤 새롭게 작문해보는 과정에서
원문의 흐름을 잘 파악한 흔적이 보입니다. 그대로 옮겨 적는 필사
는 가장 느린 독서법이고 이에 더해 작문까지 하면 시간은 더욱 길
어집니다. 그럼에도 위 작문 예시에서 보듯이 큰 효과를 내기도 합
니다. 구체적으로 필사가 어떤 효과를 내는지 살펴보겠습니다.

02

필사, 관찰력·논리력· 분석력을 높여준다

작가 히가시노 게이고는 일본 추리 소설계를 대표하는 작가입니다. 한국에서도 청소년이 가장 좋아하는 작가로 선정될 만큼 인기가 많습니다. 그는 중국에서는 2017년 외국 작가 중 '해리 포터 시리즈'의 작가 J. K. 롤링을 제치고 가장 많은 인세를 벌어들였다고 합니다. 히가시노 게이고는 어렸을 때 만화책도 읽기 싫어했기에 독서를 싫어하는 독자도 끝까지 읽을 수 있는 이야기를 쓰고 싶다고 말합니다. 전기공학을 전공한 엔지니어 출신이고 전문적인 문학 교육을 받은 경험도 없는 그가, 그리고 그의 작품이 어떻게 큰 인기를 끌 수 있었을까요?

히가시노 게이고의 『나미야 잡화점의 기적』(현대문학, 2012)을 번

역한 양윤옥은 '작가의 생각은 드러내지 않고 등장인물의 행동이나 말을 관찰해서 그대로 전달'하는 장치를 사용하고 있다고 말합니다. 그의 놀라운 관찰력, 관찰한 것을 분석해서 논리적으로 독자에게 풀어내어 전달하는 힘. 이것이 바로 그의 작품에서 가장 돋보이는 점입니다. 관찰력, 논리력, 분석력이 팽팽하게 중심을 잡고 있어 독자를 작품 안으로 끌어들입니다. 빈틈없는 작가의 문장이 긴장감을 한껏 상승시킵니다.

관찰력, 논리력, 분석력 하면 마치 과학자들의 전유물 같지만 이처럼 글쓰기에도 반드시 필요합니다. 남과 다른 시선으로 보고, 본 것을 자신의 기준으로 분석하여 논리적으로 전달하는 것은 어느 것 하나 빠지면 안 되는, 꽉 조여진 톱니바퀴와 같습니다. 출발은 관찰입니다. 똑같은 사물이나 상황을 보더라도 좀 더 다르게, 좀 더 세밀하게 보는 눈이 필요합니다. 분석과 논리는 생각의 문제입니다. 본 것을 토대로 나만의 관점을 가지고 깊이 생각해야 그 연결 고리를 찾아낼 수 있습니다. 남과 다른 견해를 갖는다는 것은 상황을 바라보는 관점이 다르다는 의미입니다.

◆ '관점이 다르다'는 것은?

러시아 작가 니콜라이 고골의 작품 『외투』에는 '아카키'라는 인물이 나옵니다. 아카키는 외투를 강도에게 빼앗깁니다. 힘들게 돈을 모아서 산 코트를 잃어버렸으니 절망에 빠집니다. 이 작품에서 우리는 어떤 생각을 떠올릴 수 있을까요? 불쌍하다, 안타깝다는 감정이외에 어떤 질문을 해야 할까요? 아카키의 외투를 바라보는 시각은 다양합니다. '그 욕망이 아카키를 죽음으로 몰고 갔다', '오히려 그 욕망이 짧은 시간이지만 아카키가 살아 있음을 느끼게 해주었다', '아카키가 죽은 건 외투 때문이 아니다', '아카키를 지키지 못한 것은 혹독한 날씨만큼이나 혹독한 사회와 계급이다' 등의 다양한 관점은 작품을 깊게 읽을 수 있도록 도와줍니다. 인간의 욕망과 본질에 대해 분석하고, 우리 주변에서 일어나고 있는 사건을 관찰해서 그에 대한 자신의 목소리를 논리적으로 낼 수 있어야 합니다.

많이 써라, 꾸준히 써라, 명문을 읽어라 등의 글쓰기 비법은 세상에 차고 넘칩니다. 그런데 그 비법을 익혀서 글을 잘 쓸 수 있게 되었다고 전하는 사람은 많지 않습니다. 빈 종이의 막막함을 깨뜨리고 첫 문장을 써내기는 결코 쉽지 않습니다. 글은 생각을 담습니다. 내가 어디를 바라보고 있는지, 어떻게 생각하고 있는지 그대로 담아냅니다. 또 생각의 깊이를 보여줍니다. 짧은 한 문단 안에서 한 개인의 세계관이 드러나기도 합니다. 정리되지 않은 생각은 글로 표현하기가 어렵습니다. 나아갈 길을 잃고 헤매기 마련이죠. 아무리 훌륭한 비법을 안다 한들 생각이 정리되지 않는다면 글에 담을 것이 없습니다. 좋은 글을 쓰려고 노력하기에 앞서 깊은 생각을 하기 위한 노력이 먼저입니다.

제가 지도하는 한 고등학교 1학년 학생의 이야기입니다. 이 학생의 꿈은 드라마 작가입니다. 평소 드라마를 좋아해서 드라마를 꾸준히 시청하며 캐릭터 분석을 하고 모니터링도 합니다. 요즘은 청소년 드라마를 기획하기 위해 자료 조사와 인터뷰도 열심히 하고 있습니다. 하지만 막상 시나리오를 쓰려고 하면 글이 꼬이고, 한 장면 마무리하는 데도 오랜 시간이 걸렸습니다. 처음에는 스토리가 탄탄하지 않아서 그런 것 같아 보완을 위해 많은 시간을 보냈습니다. 오랜 고민 후 이 학생이 찾아낸 문제는 학생들 사이를 오가는 불편한 공기의 원인을 글로 잘 풀어내지 못한다는 것이었습니다.

◆ 논리적인 글은 어떻게 쓰나?

『유진과 유진』에는 작은 유진이 방황하는 모습이 많이 나온다. 그것으로 인해 가출을 하게 된다. 나는 그 장면이 충분히 이해가 된다. 가출이라고 하면 나쁘다고 생각하는 사람이 많을 것이다. 하지만 그런 방법이 좋은 해결책이 될 수도 있다고 생각한다.

위의 예문은 중학교 2학년 학생이 이금이 작가의 소설 『유진과 유진』을 읽고 작성한 독후감의 일부입니다. 작은 유진이 과거의 한 사건으로 인해 엄마와 갈등을 겪는 부분을 언급하고 있습니다. 이 글은 논리적이라고 볼 수 없습니다. 왜 그럴까요?

글쓴이는 작은 유진의 가출을 이해할 수 있다고 말합니다. 만약 그 선택에 공감한다면 방황의 원인이 무엇인지 구체적으로 설명해야 합니다. 왜 그러한 선택을 할 수밖에 없었는지 인과 관계를 분명히 해야 설득력이 높아집니다. 갈등의 주체인 엄마와 유진에게 생각할 시간이 필요하다는 것과 가출이 좋은 해결책이라는 생각은 다른 의미로 해석될 수 있습니다. 근거가 함께 서술되어야 논리적인 글이 완성됩니다.

소설 『진주』는 매우 심오한 철학적인 의미를 담았지만, 이러운 주제를 다룬 책치고는 진입 장벽이 낮다. 별생각 없이 읽어도 긴장 감이 넘치기 때문이다. 그저 키노가 진주를 얻고, 공격당하고, 결국 살인을 시작으로, 마을에서 도망치고, 추적당하는 걸 보는 것만 으로도 스릴이 넘친다. 그러면서도 마지막에 키노가 진주를 버린 것에 대해서는 가볍게 읽는 독자들도 생각을 하게 된다.

존스타인 벡의 소설 『진주』의 독후감 일부입니다. 이 글에서 두 가지를 살펴봐야 합니다. '철학적인 주제를 다룬 책은 어렵다'라는 생각에 공감할 수 있을까요? 또한 '진입 장벽이 낮다'라는 의견의 근거가 충분한가입니다. 이 소설이 어떠한 철학적 주제를 다루고 있는지 밝히지 않은 상태에서 철학적 주제를 다룬 책이 어렵다고 말하긴 어렵습니다. 자칫 글쓴이의 선입견으로 보일 수 있으니까요. 진입 장벽이 낮다고 생각하는 기준을 충분히 제시하지 못하기도 했습니다. 사람마다 책에 대해 느끼는 장벽은 다양합니다. '이 책을 활용하는 방법'에서 좋은 글은 내용이 구체적이라고 했지요. 이 책의 철학 주제가 무엇인지, 진입 장벽의 높고 낮음의 기준이 무엇인지 밝혀야 논리적인 글이 됩니다.

제가 앞의 세 학생에게 제시한 코칭 방법은 이 책 4장에서도 실습해볼 수 있는 '비문학 필사와 작문'입니다. 기본 문장 구조가 잘 갖춰진 좋은 문장을 따라 쓰고 반복해서 읽으며 문장의 기본기를 먼저 다졌습니다. 작문하기에 적절한 문장을 골라 제시하고 자신이 하고 싶은 말을 예시문의 구조에 맞춰 이야기를 풀어가는 연습을 반복적으로 진행했습니다. 이 학생들에게 가장 필요한 것은 논리적인 사고였습니다. 하고자 하는 이야기를 논리적으로 증명해내야 이야기의 개연성을 확보할 수 있습니다.

03

필사,
문장력을 향상해준다

◇ 예민한 문장 감각을 키워준다

『글쓰기 최소원칙』(경희대학교 출판문화원, 2016)에서 김훈은 그의 소설 『칼의 노래』의 첫 문장을 "버려진 섬마다 꽃이 피었다"라고 썼다고 합니다. 원래는 "꽃은 피었다"라고 썼는데 고심 끝에 바꾸었다고 해요. '꽃이 피었다'는 '사실'을 진술하는 문장이고 '꽃은 피었다'는 '의견이나 정서'를 진술한다고 합니다. 작가는 글쓴이의 주관적인 정서가 드러나는 조사 '-은'보다 '-이'를 선택해 쓴 것이지요. 뛰어난 문장가는 조사 하나에 따라 전달하려는 의도가 달라진다는 것을 예민하게 잡아냅니다. 흔히 사람들은 그러한 예민함을 글 짓는 능력, 즉 '문장력'이라고 해요.

이런 예민한 감각을 기를 수 있는 좋은 방법 중 하나가 바로 필사입니다. 음절 하나하나, 문장부호 하나하나까지 정확하게 옮겨 적는 필사를 하다 보면 자연스럽게 그러한 감각을 익히게 돼요. 문장의 최소 단위까지 그대로 옮겨 적다 보면 자연스럽게 그 문장을 분석하면서 읽게 되니까요.

눈으로만 읽으면 미묘한 의미를 감지하지 못할 때가 많습니다. '꽃은 피었다'와 '꽃이 피었다'의 미세한 차이를 잡아내지 못하고 같은 의미로 읽게 되지요. 앞에서도 필사는 가장 느린 독서법이라고 했는데요, 이 느리지만 분석적인 독서법으로 글을 읽으면 조사 하나의 차이로도 의미를 달리하는 명문의 비밀을 발견하게 됩니다. 이 책 3~5장에서 우리는 직접 필사 훈련을 해볼 텐데요, 이때 유념해봐야 할 점은 소리 내어 읽는다는 것입니다. 이 책은 필사를 할 때 소리 내어 읽기를 권합니다. 눈으로만 하던 독서가 청각과 촉각을 자극하여 더욱 입체적인 읽기로 변화합니다.

◆ 이제는 즐거워지는 글쓰기

문자메시지를 보내고, 웹 게시물에 댓글을 다는 일은 쉽게 해도 막상 한 주제로 글을 써보라고 하면 학생 대부분이 힘들어합니다. 필요를 느끼지 못하기 때문이기도 하지만 많은 경우 자신이 없어서인데요, '나는 글을 못 쓴다'는 생각은 글쓰기 자신감을 떨어뜨리는 큰 요인 중 하나입니다. 필사는 글쓰기 열등감을 극복하는 데 큰 도움이 됩니다. 글을 그대로 옮겨 적는 일을 어려워하는 학생은 없을 겁니다.

필사 대상이 되는 글은 완성도가 높습니다. 달리 표현하면 생각이 잘 정리된 글입니다. 보통 글쓰기 실력이 늘지 않는 원인은 자기 생각을 잘 정리하지 못해서인데요, 역으로 정리하면 생각만 잘 정리해도 글쓰기 두려움을 어느 정도 극복할 수 있다는 뜻입니다. 완성도 높은 문장들을 필사하다 보면 생각 정리법을 깨우치게 되는 동시에 문장력도 향상됩니다. 이런 과정이 반복되면 서서히 글쓰기 자신감이 붙습니다. 실제 현장에서 '필사-작문'을 한 학생들은 '마치 작가가 된 것 같다'며 글쓰기에 대한 자신감을 드러냅니다. 자신감이 붙으면 재미와 즐거움도 함께 상승됩니다.

이때 필사 예시문을 신중하게 고르기를 권합니다. 좋은 글 하면, 선생님과 부모님은 가장 먼저 교과 관련 도서들이 떠오를 겁니다. 물론 이러한 글들도 좋은 선택입니다. 다만 학생이 유난히 필사도, 글쓰기도 힘들어한다면 그 학생이 관심을 두고 있는 주제의 글 중 가장 완성도가 높은 내용을 선택하는 것도 좋은 시작입니다. 그것은 노래 가사일 수도 웹 게시물일 수도 있습니다.

더욱이 이 책에서 권하는 필사는 단순히 옮겨 적는 데 그치지 않고 모방해서 작문하는 과정까지 포함합니다. 이화여자대학교 기현정 도「'신모방적 글쓰기 활동'을 중심으로 한 쓰기 교수·학습 방법

연구」(2007)라는 논문에서 문학 작품을 필사하고 모방해 작문을 하는 활동은 학생들에게 부담을 주지 않는 쉽고 자연스러운 글쓰기 교육이라고 말합니다. 성인과 학생 모두 글을 쓸 때 즐거운 경험을 하지 못하면 그 활동을 오래 지속할 수는 없는 법이지요. 문장력 향상을 돕는 글쓰기 방법은 여러 가지가 있습니다. 그중 가장 손쉽게 접근할 수 있으면서 가장 큰 효과를 볼 수 있는 건 역시 필사입니다.

04

하루 5줄 필사로
향상되는 문장력

필사가 관찰력, 분석력, 논리력 향상에 도움이 되고, 예민한 문장 감각도 높여줄 뿐 아니라, 결과적으로 글쓰기의 즐거움을 느끼게 해주는 훌륭한 방법이라 해도 막상 시작하기는 어렵습니다. 현장에서 글쓰기를 가르치다 보면 대개 학생들은 무엇을 어떻게 쓸지에 대한 고민을 많이 합니다. 게다가 양을 채워야 한다는 부담감이 크다고 토로합니다. 이는 성인도 마찬가지입니다. 학생은 학생대로 성인은 성인대로 즐겁게 필사하려면 부담감을 덜어내는 게 최우선입니다.

그래서 이 책이 권하는 필사의 분량은 '하루 5줄'입니다. 겨우 5줄이라니, 그것 가지고 무슨 큰 도움이 될까 싶지만 이 분량에 놀라운 힘이 들어 있습니다.

◆ 왜 5줄 필사일까?

학생들에게 필사를 하자고 하면 지레 겁부터 먹곤 합니다. 너무 많은 문장 수를 옮겨 적자면 큰 부담감을 느낄 수밖에 없습니다. 필사가 좋다고 무조건 작품 한 편을 통째로 필사해야 한다고 생각하면 정말 부담스러운 노릇이지요. 이때 '5줄'로 제한하면 부담감을 덜어줄 수 있습니다. 현장에서도 그 반응을 확연히 느낍니다. 필사 자체에 소극적이었던 학생들에게 5줄만 옮겨 적어보자고 하면 "뭐 이정도쯤이야" 하고 반응합니다.

더욱이 한 권의 책이 모두 좋은 문장으로 쓰이지는 않습니다. 한 권 전체를 필사한다면 시간도 오래 걸리고, 중도에 포기하기 쉽지요. 하루아침에 문장력이 향상되는 기적은 없습니다. 매일 운동한다는 생각으로 적정한 분량을 꾸준히 필사하는 것이 좋습니다.

발췌문을 잘 고르면 5줄 안에서도 많은 점을 배울 수 있습니다. 필사할 때에는 조사 하나, 쉼표 하나까지도 똑같이 쓰는 습관을 들여야 합니다. 이런 모방을 통해 각 문장들이 지닌 미묘한 의미, 서로 다른 길이의 문장들이 이어져 형성되는 리듬, 글의 구조와 전개 방식 등을 습득할 수 있습니다. 더불어 문장 구조를 익히며 주어와 서술어가 어떻게 호응하는지 한눈에 볼 수 있고, 다양한 어휘와 노련한 묘사를 자연스럽게 접하게 됩니다. 이때 문학, 비문학, 미디어 글에서 필사문을 선택하면 풍성한 표현(문학), 논리적 전개(비문학), 명쾌한 문장(미디어) 등 다양한 글쓰기 훈련이 가능합니다.

큰 결심이 아니고서는 할 수 없는 책 한 권 필사보다는 좋은 발췌문 5줄을 꾸준히 필사하면 훨씬 좋은 성과를 낼 수 있습니다. 다만 부담을 더욱 줄일 요량으로 너무 짧은 발췌문을 고르지 않도록 유의해야 합니다. 필사 분량이 지나치게 짧으면 글의 구조까지 파악하기 어려워집니다. 가령 다음 예시문을 볼까요.

안타까운 점은 방학이 짧아졌다는 사실이다. 보충수업 기간이 길어졌기 때문인데, 학생들에게 방학이 얼마나 중요한 시기인지 학교만 모르고 있었다.

두 문장으로 이루어진 이 글은 이해하기 쉽고, 문장 길이도 달라 리듬감이 있지만 구조, 즉 논리를 파악하기가 어렵습니다. 학생들에게 왜 방학이 중요한지 두 문장만으로는 알 수 없기 때문이지요. 다음은 5줄로 이루어진 글의 예시문입니다.

7월이 오자 우리 반 아이들은 모두 들뜬 마음을 감추지 못했다. 고대하던 여름방학이 7월 말에 있기 때문이다. 특히 수진이는 캠핑 간다며 설레어했고, 민석이는 방학 동안 미국 여행을 한다며 흥분해 있었다. 안타까운 점은 방학이 짧아졌다는 사실이다. 보충수업 기간이 길어졌기 때문인데, 학생들에게 방학이 얼마나 중요한 시기인지 학교만 모르고 있었다.

두 문장으로는 알 수 없었던, 학생들에게 방학 기간이 중요한 이유가 5줄로 된 글에서는 명확하게 드러나면서 논리를 갖춘 글이 되었습니다.

◆ 필사하기 좋은 발췌문의 요건

좋은 글이란 정확히 무엇을 말할까요? 여러 의견이 있겠지만 아래와 같은 정리에 이견을 제기하는 사람은 적을 겁니다.

- 문장들이 문법에 어긋남이 없다.
- 문장이 쉽고 간결하다.
- 내용이 구체적이다.
- 문장 길이가 다양해 리듬감이 있다.
- 논지가 명쾌하고 전개가 논리적이다.
- 적절한 비유와 다양한 어휘를 사용해 표현력이 풍부하다.

글은 문장으로 이루어져 있습니다. 좋은 문장은 문법 규칙에 어긋나 있지 않습니다. 가령 "안타까운 점은 방학 기간이 짧아졌다"라는 문장을 볼까요. 이 문장은 간결하지만 주어와 서술어가 호응하지 않습니다. 이렇게 문법에 어긋난 문장은 글 전체의 리듬을 해치고, 뜻을 모호하게 하므로 필사하기에 좋은 글이 아닙니다.

더 나아가 개별 문장들이 매끄럽게 연결되려면 무엇보다 내용이 논리적이어야 합니다. 학생들이 가장 어려워하는 부분입니다. 결론은 말하기 쉬워도 원인이 무엇인지 생각하지 못합니다.

글이 문장으로 이루어졌다면, 문장은 단어로 구성됩니다. 단어와 단어는 적절한 어미로 연결되고, 사이사이에 쉼표와 마침표 같은 문장부호도 들어가지요. 다음은 학생들이 글을 쓸 때 많이 하는 실수가 담긴 글입니다. 중학교 1학년생이 앵글버거와 톰 델린저의 『로봇 소년, 학교에 가다』(미래인, 2017)를 읽고 쓴 독후감이에요.

> 이 책은 인상시는 로봇이 학교에 가서 맥스라는 아이와 우정을 나누는 내용의 책이다. 이 책의 좋은 점은 인간과 로봇의 관계에 대해 생각할 수 있다. 이 책에서는 로봇이 사람과 같이 프로그래밍해서 감정을 갖게 되는 식으로 나와 있다. 또 이 책의 장점은 여러 챕터가 있어서 나눠고서 여러 상황을 보기가 쉬웠다.
>
> 이 책의 어려운 점은, 과학적 용어가 많이 나오는데, 자세한 설명이 부족해서 알아듣기가 어려웠다. 그리고 전개가 너무 빠르고 반복되는 경향이 있으며, 엔딩이 자연스럽지 못했다.
>
> 그래서 나는 이 책이 로봇과 사람의 기준에 대해서 다시 한번 고려해보는 데에는 좋은 영향을 끼쳤던 것 같다. 이 책에서는 로봇과 사람이 감정을 나눌 수 있다고 주장하는 완성을 가지고 있지만, 나는 그렇게 생각하지 않는다. 로봇은 어디까지나 로봇이기 때문

에 프로그래밍을 하는 것뿐이지 감정을 가지는 것이라고 생각하지 않는다.

『로봇, 소년 학교에 가다』는 정부의 극비 프로젝트에 따라 개발된 인공지능 로봇이 테스트의 일환으로 로봇 시범 중학교에 입학하면서 일어나는 일을 다룬 청소년 소설입니다. 로봇 '퍼지'는 스스로 프로그래밍할 줄 아는 인공지능 로봇입니다. 책은 로봇 마니아 맥스와 퍼지의 따뜻한 우정을 경쾌하게 그려냈습니다.

독후감의 첫 문장으로 내용을 짐작할 수 있습니다. 다만 '이 책은' '책이다'라며 동어를 반복합니다. 무려 '이 책'이 일곱 번이나 반복됩니다. 굳이 사용하지 않아도 되는 단어를 중복해서 사용했지요.

쉼표를 정확한 위치에 쓰지 않아 읽을 때 흐름이 끊깁니다. '있어서' '나누고서' 등 연결어미가 중복 사용된 네 번째 문장은 문법에 맞지 않습니다. '그래서'라는 접속사도 적절하게 쓰이지 못했습니다. 게다 주어와 술어가 호응하지 않은 문장도 많아 문맥이 자연스럽지 않고, 무엇을 말하고 싶은지 알 수가 없습니다. 대부분 글을 쓸 때 일어나는 실수가 이와 같은 문법적인 경우입니다.

그렇다면 앞에서 말한 좋은 문장의 조건에 맞는 필사 예시문을 한번 살펴볼까요. 헬렌 켈러의 에세이 『사흘만 볼 수 있다면』(산해, 2008)입니다.

문장이 간결합니다. '조각보'와 '글쓰기'의 관계를 구체적으로 설명합니다. 문장 길이를 조절함으로써 리듬감이 살아 있습니다. '글쓰기'에 대해 전하고자 하는 바가 뚜렷합니다. 이 5줄 안에서도 글쓰기에 대한 헬렌 켈러의 불굴의 의지를 그대로 느낄 수 있습니다. 글쓰기를 바느질과 비유해 풍성하게 표현해냈고요. 비록 5줄이라도 좋은 부분을 발췌해 매일같이 필사하면 간결한 문장, 문장 사이의 리듬, 명쾌한 표현법과 논리적인 전개 등을 배울 수 있습니다.

05

'필사-작문'으로
더욱 향상되는 문장력

『필사 문장력 특강』(북바이북, 2018)의 공저자 김민영에 따르면 필사를 할 때 한 가지 주의할 점이 있다고 해요. 보통 필사라고 하면 좋아하는 작가의 글을 '감정적 관찰'로 옮겨 적기 십상이고 그러다 보면 문체(개성)보다는 '내용'과 '의미'를 중심으로 한 필사가 될 확률이 높다는 점입니다. 좋아하는 구절을 옮겨 적으며 나도 이렇게 쓰고 싶다는 열망을 느끼지만 문체, 디테일, 구조는 놓치는 경우가 많아진다는 뜻입니다.

단순히 글을 베껴 쓴다 해서 명문을 내 것으로 만들기는 어렵습니다. 이를 보완하기 위한 방법으로 '필사-작문'을 권합니다. 필사한 다음 그 예시문을 모방해서 작문해보는 과정입니다. 소재만 약간 바꾸어 문체를 따라 해보고, 내용의 구조를 그대로 따라 써보는 방법입니다. 쉼표 하나, 접속사 하나까지 그대로 따라 해 작문하다 보면 내용과 의미를 중심으로 하는 단순 필사를 넘어 명문이 어떤 면에서 뛰어난지 좀 더 깊이 이해할 수 있습니다. 마치 깊은 바닷속에서 보물을 건져 올리듯이 말이지요.

다음은 명문과 작문 예시입니다.

생각과 느낌을 소리로 표현하면 말이 되고 문자로 표현하면 글이 된다. 생각이 곧 말이고 말이 곧 글이다. 생각과 감정, 말과 글은 하나로 엮여 있다. 그렇지만 근본은 생각이다. 느낌의 아름다움을 제대로 보여주는 글을 쓰고 싶다면 무엇보다 생각을 바르고 정확하게 해야 한다.

유시민, 『유시민의 글쓰기 특강』, 생각의길, 2016, 18쪽

한 중학교 3학년 학생은 이 글에서 '바르고 정확한 생각에 대해 강조하고 있다'는 저자의 주장을 읽어낸 뒤 이 형식 그대로 작문했습니다.

심장이 두근거리는 걸 기분으로 표현하면 기쁨이 되고 감정으로 표현하면 사랑이 된다. 두근거림이 곧 기쁨이고, 기쁨이 곧 사랑이다. 두근거림과 기쁨, 사랑은 하나로 엮여 있다. 그렇지만 근

본은 두근거림이다. 무엇에 대한 사랑을 제대로 알고 싶다면 무엇
보다 정직한 나 자신의 심장 소리에 귀 기울여야 한다.

소재만 바꾸었을 뿐 원문의 문체와 글의 구조를 그대로 유지했습
니다. 예시문 없이 작문 글만 본다면 글쓰기를 처음 배운 학생 글인
지 몰랐을 거예요.
또 다른 필사-작문의 예를 살펴보겠습니다.

> 그녀는 즐거움에 도취해 열정적으로 춤을 추었다. 미모가 승리
> 를 거둔 듯했고, 인기에 대한 긍지를 느꼈으며, 뭇 남성들의 찬사
> 와 경탄 속에서 구름에 붕 뜬 것 같은 행복감이 일었다. 다른 생각
> 은 아무것도 들지 않았다. 단지 마음속에서 감미롭게 차오르는 완
> 벽한 승리감에 잊고 있던 욕망들이 모조리 깨어나는 듯했다.
>
> 기 드 모파상, 『모파상 단편집』, 인디북, 2014, 62쪽

> 그는 즐거움에 도취해 열정적으로 노래를 불렀다. 목소리가 승
> 리를 거둔 듯했고, 가창력에 대한 긍지를 느꼈으며, 뭇 관객들의
> 찬사와 경탄 속에서 하늘에서 붕 나는 것 같은 행복감이 일었다.
> 다른 생각은 아무것도 들지 않았다. 단지 온몸에서 짜릿하게 돋아
> 나는 완벽한 전율에 잊고 있던 욕망들이 모조리 깨어나는 듯했다.
>
> 중등 1학년생 작문

위는 발췌문이고 아래는 원문 형식과 구조에 맞춰 쓴 작문입니다. '그녀'를 '그'로 살짝 바꾸고 문체와 구조를 그대로 유지했지요. 덕분에 가수 지망생인 그를 바라보는 필자의 태도가 잘 엿보입니다.

필사는 다른 이의 글을 베껴 쓰는 것이고, 작문은 잘 짜인 '틀'에 자신의 생각을 붓는 과정입니다. 필사-작문으로 시작한 글쓰기가 '저 홀로 글쓰기'로 발전되는 기쁨을 안겨줄 것입니다. 자, 이제 본격적으로 필사해보고, 분석해보고, 작문해볼까요? 3장에선 문학 예시문을, 4장에선 비문학 예시문을, 5장에선 미디어 글 예시문을 필사해보게 됩니다.

3장

어휘력·표현력 쑥쑥,
문학 필사

01

입문 :
다양한 어휘를 익히자

우리가 하루 평균 사용하는 단어는 몇 개일까요? 말할 때마다 일일이 단어를 헤아릴 수 없으니 정확한 수를 알기는 어렵습니다. 한국인은 하루에 평균 1만 7,000개 이상의 단어를 사용한다는 연구 결과가 있지만 평균이라는 말에 함정이 있습니다. 말수가 적은 사람과 많은 사람, 대화 상대가 몇 명인지에 따라 차이가 있기 때문입니다.

더욱이 우리가 알고 있는 모든 단어를 매일 사용하지는 않습니다. 머릿속에 저장해놓았다가 필요할 때 꺼내 사용하는데요, 저장되어 있는 어휘가 많다면 훨씬 풍부하고 다양하게 표현할 수 있습니다. 이렇게 '어휘를 마음대로 부리어 쓸 수 있는 능력'을 '어휘력'

이라고 해요. 저금통에 동전을 모으듯 낱말을 저축해야 합니다. 내 생각을 효과적으로 전달하고 싶을 때 핵심이 되는 낱말을 꺼내 쓸 수 있어야 합니다.

한 권의 책을 자세히 읽기만 해도 우리가 글 쓰는 데 필요한 어휘와 문장 구조를 익힐 수 있습니다. 그래서 어휘를 늘리기 위한 방법으로 독서를 많이 권합니다. 눈으로 문자를 읽으면 그 글씨는 뇌로 갑니다. 문자 형태로 머릿속에 저장되는 것이 아니라 이미지화되어 기억되는데요, 그렇게 저장한 내용을 다시 꺼낼 때는 어쩔 수 없이 다시 글이나 말로 변환하여 표현해야 합니다. 우리가 다양한 어휘를 익혀야 하는 이유가 여기에 있습니다.

무턱대고 읽기만 한다고 어휘가 자연스레 머릿속에 저장되지는 않습니다. 아무리 많이 읽어도 저장하지 않는다면 어휘력은 같은 자리를 맴돌게 됩니다. 눈으로 훑고 지나가지 말고 기억할 수 있도록 해야 합니다. 독후 활동으로 토론하기, 독후감 쓰기도 어휘력 향상에 도움이 됩니다.

학생들과 필사 수업에 들어가기 전 10분 정도 글쓰기 워밍업 시간을 갖습니다. 글쓰기를 위한 뇌로 만드는 과정입니다. 이제부터 글을 쓸 거라고 머리에 신호를 주는 건데요, 주로 어휘와 관련된 활동을 많이 합니다. 그중 십자말풀이 문제 만들기를 할 때 학생들의 어휘력이 여실히 드러납니다. 퍼즐을 채우다 보면 알고 있는 단어가 총출동하는데 글자 수와 첫 음절의 제약이 있으니 거기에 맞는 단어를 찾는 게 여간 어려운 게 아닙니다. 게다가 단어를 정확하게 설명하는 것도 쉽지 않습니다. 학생들은 매일 사용하는 단어라도 막상 그 뜻을 설명하려면 어떤 식으로 말해야 하는지 막막하다고 합니다. 자연스럽게 나오는 대로 말해서 소통만 되면 괜찮다 생각할 수도 있습니다. 하지만 정확한 뜻을 알고 적확한 쓰임새를 찾게 된다면 훨씬 더 논리적이고 풍성한 글쓰기를 할 수 있습니다.

말썽쟁이 톰의 이야기가 흥미진진하게 펼쳐진 『톰 소여의 모험』을 쓴 마크 트웨인은 "정확한 단어와 거의 정확한 단어의 차이는 번개와 반딧불이의 차이"라고 했습니다. 어휘 선택에 따라 전달하고자 하는 의미의 정확도에 차이가 있습니다. 명확한 의사 전달을 위해서라도 어휘 창고를 가득 채워두는 편이 좋습니다.

어휘를 늘리는 첫걸음은 역시 독서입니다. 필사를 하면 책을 천천히 읽을 수밖에 없는데요, 단어 하나 허투루 넘길 수 없게 되지요. 어휘를 늘리기엔 최고의 방법이에요. 이 책에서 제시하는 어휘력·표현력 향상을 위한 '필사－작문'은 세 단계(입문－활용－심화)에 걸쳐 진행됩니다. 입문 단계에서는 다양한 어휘를 익히는 데 도움이 되는 필사－작문을, 활용 단계에서는 풍부한 표현력 향상에 도움이 되는 필사－작문을, 심화 단계에서는 명문장의 비밀을 분석해보는 필사－작문이 마련돼 있습니다.

> **콩, 너는 죽었다** - 김용택
>
> 콩타작을 하였다
> 콩들이 마당으로 콩콩 뛰어나와
> 또르르또르르 굴러간다
> 콩 잡아라 콩 잡아라
> 굴러가는 저 콩 잡아라
> 콩 잡으러 가는데
> 어, 어, 저 콩 좀 봐라
> 구멍으로 쏙 들어가네
>
> 콩, 너는 죽었다

글 분석 포인트

• 제목이 궁금증을 유발합니다.

• '콩 잡아라' 시구가 반복되어 리듬감을 살립니다.

• '콩콩', '또르르또르르' 등의 부사를 사용하여 콩의 움직임을 실감
  나게 묘사했습니다.

• 말을 잇지 못하는 당황스러운 상황을 '어, 어,' 의 짧은 감탄사로 표
  현했습니다.

• 1인칭으로 서술하여 감정 이입이 잘 됩니다.

　　김용택 시인의 시에는 아이들과 자연이 등장합니다. 글쓰기를 통

해 세상과 교감하려고 한 시인은 항상 주변 환경을 세밀히 관찰하고, 거기에 상상력을 더해 시를 창작하곤 합니다. 시는 축약된 언어를 사용하고, 상징이 들어 있어 이해하기 어려워하는 학생도 있을 텐데요, 의성어와 의태어 사용으로 인해 리듬감 있는 「콩, 너는 죽었다」를 함께 필사해보겠습니다.

필사 실습

소리 내어 읽으며 한 문장씩 옮겨 적어보세요.

작문 예시와 코칭

동전, 너 정말 - 초등 5학년생 작문

① 거스름돈을 받았다.
② 동전들이 바닥으로 ③ 쨍그랑 떨어져서
③ 데굴데굴 굴러간다
④ 동전 잡아라 동전 잡아라
굴러가는 저 동전 잡아라
동전 잡으러 가는데
⑤ 아니, 이런, 저 동전 봐라
하수구로 쏙 들어가네

⑥ 동전, 너 정말

① 시의 구조를 크게 변형하지 않고, 거스름돈이라는 소재를 이용해 완전히 다른 분위기의 글을 만들었네요.

② '콩'을 '동전'으로 바꿔 굴러가는 이미지를 연결한 아이디어가 좋아요.

③ 적절히 사용한 '쨍그랑', '데굴데굴' 등의 부사가 청각과 시각을 자극해 생동감이 느껴져요.

④ 시구 '동전 잡아라'를 반복해 리듬감을 살렸네요.

⑤ '아니, 이런' 등의 감탄 구절을 사용해 안타깝고 원망스러운 마음을 잘 표현했어요.

⑥ '동전, 너 정말'에서 허탈한 마음이 잘 전해져요.

작문 실습

앞의 코칭 내용과 원문의 흐름을 반영해 자기만의 작문을 해보세요.

> 무엇보다도 그 아이들은 빵 하나를 고르는 데 있어서도 '신중했다'. 주로 가
> 진 돈이 많지 않기 때문이었겠지만, 빵을 잘 '선택'하는 데에 인생이 달려 있
> 기라도 하다는 듯이 조심스러웠다. 그는 기본적으로 어린애라면 질색을 했
> 지만, 선택을 함부로 남발하지 않는 아이들은 싫지 않았다…… 그리고 사실
> 그는 쌍둥이들이 왜 빵 하나를 그토록 오랜 시간에 걸쳐 두고두고 고르는지
> 알고 있었다.
>
> 구병모, 『위저드 베이커리』, 창비, 2009, 198쪽

글 분석 포인트

- 다른 어떤 것보다 중요하다는 것을 표현하기 위해 첫 문장 맨 앞에
  '무엇보다도'를 썼습니다.

- '신중했다', '선택' 등 강조하고 싶은 단어에 작은따옴표를 넣어 시
  선을 집중시킵니다.

- '~하다는 듯이'는 얼마나 조심스러워하는지를 잘 나타냅니다.

- '~했지만, ~다'의 형식으로 예외되는 상황을 설명합니다.

- '조심스러웠다', '오랜 시간', '두고두고'는 첫 문장의 '신중했다'와
  의미가 연결됩니다.

구병모 작가의 『위저드 베이커리』는 억울한 누명을 쓰고 집을 나
온 소년이 우연히 몸을 피한 빵집에서 겪게 되는 사건을 그리고 있
습니다. 흥미롭게 읽을 수 있는 판타지 소설로, 작가의 탄탄한 문장

때문에 더욱 빛나는 작품입니다. 어떤 단어를 어디에 배치했는지 잘 관찰해보세요.

필사 실습

소리 내어 읽으며 한 문장씩 옮겨 적어보세요.

작문 예시와 코칭

> 무엇보다도 우리 반 친구들은 급식 시간에 배식을 ① 받는 문제에서도 ② '긴장했다'. 아마도 담임선생님이 뒤에 서 계셨기 때문이겠지만, 밥을 ③ '조금' 받는 데 수행평가 점수가 달려 있기라도 하다는 듯이 조심스러웠다. ④ 나는 원래 음식을 남기는 걸 싫어했지만, 그렇다고 조금 먹는 건 이해할 수 없었다…… 그리고 사실 왜 친구들이 급식 시간에 그토록 안절부절못하며 눈치를 보는지 알고 있었다.
>
> 초등 6학년생 작문

① 전체적으로 필사 예시문의 틀에 맞추려고 신경 쓴 흔적이 보입니다. 특히 원문의 "~데 있어서"를 "받는 문제에서도"로 잘 수정했습니다. "~에 있어서"는 널리 쓰이는 표현이기는 하지만 일본어 투라 사용이 지양되는 추세입니다.

② '긴장했다'와 의미가 통하는 단어로 마지막 문장에서 '안절부절못하다', '눈치'를 잘 선택했어요.

③ 급식을 '조금' 받는 장면을 '수행평가 점수가 달려 있기라도 하다는 듯'으로 표현해 얼마나 조심스러운지를 나타내며 긴장감을 고조시키네요.

④ 음식 남기는 걸 싫어하지만, 그렇다고 급식을 조금만 받는 건 이해할 수 없다는 의미로 보이는데요, 조금 더 명확하게 "그렇다고 배식을 조금만 받는 건 이해할 수 없었다"로 써주면 어떨까요.

작문 실습

앞의 코칭 내용과 원문의 흐름을 반영해 자기만의 작문을 해보세요.

> 나는 어릴 때 부끄럼을 많이 탔다. 사람들이 오면 구석진 쪽방에 숨기도 하고, 어쩌다가 손님들과 마주치기라도 하면 인사말도 제대로 하지 못했다. 낯가림을 한 것은 아니었다. 사람이란 나에게 언제나 호기심을 자극하지만 사용법이나 용도를 알 수 없는 새로운 발명품 같아 당황한 낯꽃을 보였을 뿐이다. 그런데 어머니는 내가 사람을 두려워한다고 걱정했다.
>
> 김다은, 『껍질 벗긴 소』, 담벼락, 2002, 73~74쪽

글 분석 포인트

- '누가, 언제, 무엇을, 어떻게'를 짧은 문장에 담아 전달하고자 하는 내용을 간결하게 표현합니다.
- 두 번째 문장에서 앞 문장을 뒷받침하는 행동을 묘사해 이해를 돕습니다.
- 단문-장문-단문-장문의 형식을 써서 글에 리듬감이 있습니다. 리듬감 있는 글은 지루하지 않다는 장점이 있습니다.
- 사람을 '새로운 발명품'과 비유하는 표현이 참신합니다.
- '부끄럼'이 '낯가림'과 꼭 연결되지 않음을 보여주고 있습니다.

　김다은 작가의 『껍질 벗긴 소』는 일상적인 소재부터 사회, 문화, 정치 등 다양한 분야를 다루고 있는 수필집입니다. 감정적으로 쓰는 기존 에세이의 틀을 깨고 담담한 어조로 작가의 생각을 표현하고 있습니다. 때로는 장황한 글보다 간결한 문장이 핵심을 전달하

는 데 더 효과적임을 확인할 수 있습니다. 예시문에서는 '나'의 행동을 어머니가 다르게 해석하는 모습을 보여줍니다. '부끄럼', '낯가림', '두려움'의 키워드에 집중해서 필사해보세요.

필사 실습

소리 내어 읽으며 한 문장씩 옮겨 적어보세요.

작문 예시와 코칭

> ① 나는 어릴 때부터 활발했다. ② 사람들이 많은 장소에 가면 흥분되고, 주
> 말에 친구들을 못 만나면 전화를 걸어 몇 시간 동안 수다를 떨기도 했다. 혼
> 자 있는 시간이 싫어서는 아니었다. 나에게 조용히 있는 시간이란 자꾸 내
> 가 누구인지 생각해보게 하는 ③ 선생님 같아 조금 불편했을 뿐이다. ④ 그
> 런데 아빠는 내가 차분하지 못하다고 잔소리를 했다.
>
> 중등 1학년생의 작문

① 예시문에서는 '어릴 때'라고 했지만 '어릴 때부터'라고 변화를 주
   었네요. 이런 시도가 자기만의 글을 쓰는 데 도움이 돼요.

② '활발했다'와 이를 뒷받침하는 설명의 연결이 약해요. 활발한 사
   람임을 나타내는 행동을 조금 더 고민해보세요.

③ 조용히 있는 시간을 '선생님'에 비유한 표현이 좋네요.

④ 예시문에서 어머니는 화자의 당황한 낯꽃을 보고 두려움으로 연
   결했는데요, 작문한 글도 조용히 있는 시간을 불편해하는 모습을
   보고 아버지가 '차분하지 못하다'라고 했다며 자연스럽게 연결했
   네요.

작문 실습

앞의 코칭 내용과 원문의 흐름을 반영해 자기만의 작문을 해보세요.

02

활용:
풍부한 표현력을 기르자

다양한 어휘를 익히고 단어의 적절한 쓰임새를 알았다면 이제 표현력을 기를 차례입니다. 글쓰기에서 표현력이란 생각이나 느낌을 언어로 나타내는 능력을 말합니다. 얼마나 생생하게 나타내는지가 관건입니다. 이해를 돕거나 문장을 입체감 있게 보여주기 위해 비유적인 표현을 많이 사용합니다. 비유에는 은유와 직유, 의인법 등이 있습니다.

　은유법은 사물의 상태나 움직임을 암시적으로 나타내는 수사법입니다. 가령, '네 눈동자는 다이아몬드다'라고 표현하는 방식이에요. 진짜 눈동자가 다이아몬드로 되어 있다는 것이 아니라 그만큼 영롱하게 빛난다는 것을 강조하는 표현법입니다.

직유법은 은유법과 비슷하지만 '~처럼'의 형식으로 쓴다는 게 다릅니다. 은유법이 강하게 일치하는 뜻으로 쓰인다면 직유법은 그보다는 조금 약한 느낌입니다. 앞서 예로 들었던 문장을 직유법으로 표현한다면 '네 눈동자는 다이아몬드처럼 영롱하다'로 쓸 수 있습니다. 은유법에서 확고하게 비유했다면 직유법에서는 거리를 조금 두고 표현했다고 할 수 있습니다.

의인법은 동식물이나 사물이 사람처럼 생각하고 말하고 행동하는 것처럼 나타내는 방법입니다. '나무가 손을 흔든다', '해가 방긋 웃는다'와 같은 표현입니다. 이런 수사법을 적절히 사용하면 그 작품은 표현력이 우수하다고 칭송받지만, 식상한 표현을 썼을 때에는 외면당하기도 합니다. 어휘 창고에 저장되어 있는 단어를 총동원하여 다양한 수사법을 활용해봅시다.

사물이나 풍경을 비유하는 글을 필사하고 이에 맞춰 작문하다 보면 표현력이 풍부해질 것입니다.

> 차가 동대문을 벗어나자마자 버섯처럼 엎드린 초가집들과 논밭이 나타났
> 다. 개울가엔 수양버들이 머리 감는 여인네처럼 연둣빛 머리채를 드리우고
> 있었다. 쟁기질이 시작된 들판의 흰옷 입은 사람들은 나래 접고 내려앉은
> 학처럼 보였다. 복숭아꽃 살구꽃이 구름처럼 피어오른 들판 풍경은 그림처
> 럼 아름다웠지만 보릿고개를 넘는 사람들은 채울 수 없는 허기로 시름에 젖
> 어 있었다.
>
> 이금이, 『거기, 내가 가면 안 돼요?』 1권, 사계절, 2017, 58쪽

글 분석 포인트

• '초가집-논밭-개울가-들판'으로 시선이 이동되어 차가 움직이고
  있음을 잘 보여줍니다.

• '버섯처럼', '여인네처럼', '구름처럼'의 비유적 표현으로 풍성하고
  생생하게 풍경을 전달합니다.

• 아름다운 들판 풍경과 보릿고개 넘는 사람들의 허기가 대비되고 있
  습니다.

• 다양한 주어를 써서 글이 지루하지 않습니다.

• 단문과 장문의 조합으로 문단에 리듬감이 있습니다.

이금이 작가의 『거기, 내가 가면 안 돼요?』는 일제강점기부터 해
방, 한국전쟁에 이르는 시기를 다루고 있는 역사 장편소설입니다.
작품 속 배경이 되는 교토, 요코하마, 바이칼 호수, 뉴욕의 엘리스

섬, 샌프란시스코 엔젤 섬 등을 작가가 직접 답사하고 글로 옮겼습니다. 생생한 묘사와 적절한 비유가 어우러진 문장을 많이 발견할 수 있는 작품입니다. 다만 예시문에 비유가 너무 많아서 작문이 힘들 수도 있어요. 적절한 비유가 생각나지 않을 때는 생략하는 편이 효과적이에요.

필사 실습

소리 내어 읽으며 한 문장씩 옮겨 적어보세요.

작문 예시와 코칭

> 자전거가 학교에 도착하자 ① 성냥갑처럼 네모난 학교 건물과 텅 빈 운동장이 보였다. 농구 골대엔 그물이 ① 할아버지 수염처럼 축 처져서 흔들거리고 있었다. 이제 막 등교하는 교복 입은 아이들은 커다란 등껍질을 이고 있는 ① 거북이처럼 보였다. 진달래꽃 개나리꽃이 ② 불처럼 피어오른 ③ 등굣길 풍경은 영화처럼 낭만적이었지만 시험을 앞둔 학생들은 긴장과 초조함에 젖어 있었다.
>
> 중등 1학년생의 작문

① '성냥갑처럼', '할아버지 수염처럼', '거북이처럼'의 비유를 잘 사용했네요.

② 진달래꽃 개나리꽃이 '불처럼' 피어올랐다는 표현은 어울리지 않습니다. 봄에 피는 꽃이라는 점을 감안하여 조금 더 생기 있고 산뜻한 표현을 고민해보세요. 분홍색과 노란색의 시각적 이미지와 연결해도 좋아요.

③ 등굣길 풍경이 모든 사람에게 낭만적이지는 않습니다. 모두가 공감할 수 있는 비유를 가지고 오면 좋겠어요. 영화라는 표현을 유지하고 싶다면 어떤 장르의 영화인지도 콕 짚어 말해주세요.

작문 실습

앞의 코칭 내용과 원문의 흐름을 반영해 자기만의 작문을 해보세요.

> 막국수를 먹기 시작한 지 어언 이십 년이 되었다. 서울 광화문의 어느 식당
> 에서 처음 막국수를 먹었던 80년대 후반만 해도 막국수가 그리 흔한 음식은
> 아니었다. 참석자가 주로 시인들이었던 그 모임에서 '쟁반막국수' 형태로 맛
> 본 막국수의 첫맛은 그야말로 생경했다. 말처럼 진짜 쟁반은 아니고 큰 접
> 시 속에 시커먼 막국수를 깔고 당근과 오이를 채 썰어 넣은 위에 웬 상추를
> 잔뜩 썰어 넣고 또 상추의 사돈이라도 되는 양 양배추를 끼워 넣었다.
>
> 성석제, 「개성을 먹는다」, 『성석제의 농담하는 카메라』, 문학동네, 2008, 18쪽

글 분석 포인트

- 막국수를 소재로 재미있게 서술합니다.
- 막국수의 생김새가 눈앞에 그려지듯이 생생하게 묘사하고 있습니다.
- 단문으로 시작하여 문장이 점차 길어지면서 점층적으로 많은 정보
  를 주고 있습니다.
- 접속사 없이도 문장의 흐름이 매끄럽게 이어집니다.
- 양배추를 상추의 사돈이라고 재치 있게 표현합니다.

　성석제 작가의 글은 특유의 입담과 해학이 특징입니다. 사람과
삶, 세상을 보는 시선에 애정이 넘치는 면도 큰 특징 중 하나이고요.
이 산문집에도 이런 특징이 잘 드러납니다. '농담'을 주제로 한 이
책은 성석제 특유의 유머러스한 문장에 일상의 풍경이 녹아들어 있
고, 우리 이웃의 삶과 개성이 잘 담겨 있습니다.

필사 실습

소리 내어 읽으며 한 문장씩 옮겨 적어보세요.

작문 예시와 코칭

> ① 게임을 하기 시작한 지 어언 ② 5년이 되었다. 학교 앞 PC방에서 처음 게임을 했던 ② 10대 초반만 해도 게임을 그리 잘하지 않았다. ③ 참석자가 주로 형들이었던 그 모임에서 '팀플' 형태로 했던 게임의 첫 경험은 그야말로 신선했다. ④ 팀플이라면 게임 안에서 계속 함께 다니는 줄 알았는데 각자가 맡은 자리에서 게임을 하고 팀별로 점수를 합산하는 것이었다.
>
> 중등 3학년생의 작문

① 친구들이 공감할 수 있는 '게임'을 소재로 재미있게 썼어요.

② '5년', '10대' 등 수의 감각을 잘 살렸네요.

③④ 문장이 뒤로 갈수록 점차 길어지면서 글이 확장되는 느낌이 들어요.

④ 필사 예시문에서 마지막에 양배추가 상추의 사돈이라고 한 것처럼 재치 있는 표현을 고민해보세요. 가령 "바늘 가는 데 실 가는 것처럼 팀플이라면 게임 안에서 계속 함께 다니는 줄 알았는데……" 같은 비유는 어떤가요? 물론 필사 예시문에 기대어 쓴다고 너무 똑같이 표현할 필요는 없어요. 의미만 잘 맞아떨어진다면 과감한 비유에 도전해보는 것도 좋습니다.

작문 실습

앞의 코칭 내용과 원문의 흐름을 반영해 자기만의 작문을 해보세요.

❖ 문학 필사 예시문(소설)_활용 ③

> "공부? 그래, 책장이나 뒤적뒤적하는 게 공부인 줄 아나? 전차칸에서 내다
> 보는 광경, 정거장에서 사람들과 부딪치며 느끼는 감정, 기차 속에서 보고
> 듣는 모든 이야기가 바로 생활이요, 진정한 공부라네! 책장만 뒤지며 인생
> 이 어떠하니 사회가 어떠하니 떠들어 봐야 고리타분한 소리일 뿐, 과연 무
> 엇을 똑바로 알겠는가? 문안으로 나오게! 사람들 속에서, 사람들이 살아가
> 는 생생한 모습을 보며 제대로 된 공부를 하게."
>
> 안소영, 『시인 동주』, 창비, 2015, 93쪽

글 분석 포인트

• 물음표와 느낌표를 사용해 생생한 대화가 느껴집니다.

• 공부에 대한 자기만의 정의를 명확하게 설명합니다.

• '광경', '감정', '이야기'를 '생활'로 연결하고 이를 다시 '공부'로 확
장해 생활을 통해 '공부'해야 함을 강조합니다.

• 앞에서 '책장이나 뒤적뒤적'이라고 말한 부분을 다시 구체적으로
되짚어줍니다.

• 느낌표와 '~게'라는 종결어미를 사용해 강력히 권유하고 있습니다.

　　안소영 작가의 『시인 동주』는 윤동주 시인의 삶을 소설 형식으로
쓴 책입니다. 시인의 생활뿐만 아니라 일제강점기와 식민 공간을
치밀하게 묘사하고 있는데요, 등장인물이 사용하는 언어에서 시대
정신을 포착할 수 있습니다. 위 예시문은 주인공 주변 인물들의 대

화에서 가지고 왔습니다. 조목조목 이유를 짚으며 강한 어조로 자신의 생각을 표현하는데요, 이 이야기를 옆에서 듣고 있던 윤동주가 영향을 받아 기숙사 생활을 정리하고 하숙 생활을 시작합니다. 윤동주를 움직인 말을 함께 필사해봅시다.

필사 실습

소리 내어 읽으며 한 문장씩 옮겨 적어보세요.

작문 예시와 코칭

"봉사? 아니, ①② 봉사활동 확인서에 도장만 받아 온다고 그게 봉사인 줄 아나? 스스로 하려는 ③ 자발성, 민폐 끼치지 않고 일하는 ③ 행동, 사람들에게 도움을 주고자 하는 ③ 마음이 있어야지! 가서 시간만 때우고 온다고 그걸 봉사라고 할 수 있겠어? ④ 할 거면 제대로 해라! 진심을 다해, 사람들에게 진짜 도움을 주는 봉사를 해라."

중등 3학년생의 작문

① 예시문의 강한 어투를 잘 살려서 화두를 꺼내고 있네요.

② 친구들이 공감할 수 있는 '봉사활동 확인서'라는 소재를 잘 선택해 작문했네요.

③ '자발성', '행동', '마음'을 봉사의 중요한 가치로 잘 꼽아주었어요.

④ 원문에서는 "문안으로 나오게!"처럼 실질적인 해결책을 제시합니다. 어떻게 하는 게 '제대로' 하는 건지 구체적으로 써주면 더 좋겠네요.

작문 실습

앞의 코칭 내용과 원문의 흐름을 반영해 자기만의 작문을 해보세요.

03

임화:
명문장의 비밀을 캐내자

어휘와 표현력을 익혔다면 이제는 좋은 문장을 연습해볼 차례입니다. 표준국어대사전에 의하면 명문明文이란 "사리가 명백하고 뜻이 분명한 글"입니다. 뜻이 분명한 글은 필자와 독자의 소통으로 연결됩니다. 필자가 전하려는 의미가 독자에게 얼마나 정확하고 효과적으로 전달되는지를 보면 알 수 있습니다.

이를 위해 문학 작품에서는 아포리즘aphorism을 사용하기도 합니다. 아포리즘은 경구警句나 격언格言, 금언이나 잠언 등을 일컫는데요, 톨스토이의 『안나 카레니나』의 첫 문장은 아포리즘을 말할 때 빼놓을 수 없습니다.

행복한 가정은 모두 고만고만하지만 무릇 불행한 가정은 나름 나름으로 불행하다.

톨스토이, 『안나 카레니나』, 문학동네, 11쪽

위의 문장을 보면 어려운 표현은 없습니다. 어휘를 어떻게 배열하는지에 따라 평범한 문장이 될 수도 있고, 마음을 울리는 경구가될 수도 있습니다. 이러한 명문은 단번에 쓸 수 있는 것이 아닙니다. 내용과 문장 구조를 치밀하게 연구해야 합니다. 앞으로 이런 문장을 만났을 때 그냥 넘기지 말고 우리가 필사 예시문을 분석하는 것처럼 다각도로 살펴봐야 합니다. 의미를 파악하고, 사용된 어휘를확인하고, 문장 구조를 분석하는 습관을 들입시다.

청소년을 대상으로 하는 글쓰기 수업 1강에서는 주로 글쓰기의중요성에 대해 이야기합니다. 글의 가치를 아는 것이 목표입니다. 글이 지닌 고유한 역할을 찾기 위해 영상과 글의 차이를 찾아보는활동을 합니다. 이는 곧 영화와 책의 차이라고 할 수 있습니다.

"영화는 빠르게 볼 수 있지만 책은 읽는 데 시간이 너무 오래 걸려요."

"영화는 재미있지만 책은 재미없어요."

"영화는 더 오래 기억되지만 책은 다 잊어버려요."

처음에는 영화의 장점만 이야기합니다. "영화만 보지 않고 책도 읽는 이유는 무엇일까요?" 후속 질문이 이어지면 이제 본격적으로 책의 가치를 찾게 됩니다. 영화가 하지 못하는 고유의 영역을 찾는 것입니다. 바로 상상력의 영역입니다. J.K. 롤링의 '해리 포터 시리즈'를 읽었을 때 독자 나름대로 머릿속에 그려놓은 주인공의 얼굴과 호그와트의 모습이 있었을 텐데요, 영화 〈해리 포터〉를 본 뒤에 다시 책을 읽으면 영화 속 장면과 엠마 왓슨의 얼굴이 자연스럽게 떠오릅니다. 더 이상 새로운 모습의 호그와트를 상상하기는 어려워집니다.

앞에서 우리가 살펴본 비유법은 영상에 담아내기 어렵습니다. 이 책 104쪽에 나온 이금이의 『거기, 내가 가면 안 돼요?』 필사 예시문을 영상으로 찍는다고 했을 때 머리 감는 여인네와 수양버들을 오버랩해서 보여주면 자칫 공포영화가 만들어질 수도 있습니다. 예시문을 보면서 문장만이 지닌 고유한 역할과 힘을 더 알아보겠습니다.

> 천국에 사는 사람들은 지옥을 생각할 필요가 없다. 그러나 우리 다섯 식구
> 는 지옥에 살면서 천국을 생각했다. 단 하루라도 천국을 생각해 보지 않은
> 날이 없다. 하루하루의 생활이 지겨웠기 때문이다. 우리의 생활은 전쟁과
> 같았다. 우리는 그 전쟁에서 날마다 지기만 했다. 그런데도 어머니는 모든
> 것을 잘 참았다. 그러나 그날 아침 일만은 참기 어려웠던 것 같다.
>
> 조세희, 『난장이가 쏘아올린 작은 공』, 이성과힘, 2000, 80쪽

글 분석 포인트

- 첫 문장과 두 번째 문장의 대구를 통해 다섯 식구의 상황을 설명하고 있습니다.
- '천국'과 '지옥'의 대비를 잘 활용하고 있습니다.
- '~ 때문이다'의 이유를 써서 앞 문장을 보충 설명하고 있습니다.
- 생활을 전쟁으로 비유하고 '날마다 지기만 했다'는 표현으로 일상의 어려움을 표현하고 있습니다.
- 접속사 '그러나'를 써서 예외적인 상황을 말하면서 '그날 아침 일'에 궁금증을 증폭시킵니다.

조세희 작가가 쓴 『난장이가 쏘아올린 작은 공』은 난장이로 상징되는 못 가진 자와 거인으로 상징되는 가진 자 사이의 대립적인 모습을 그리고 있는 연작 소설입니다. 1970년대 사회적 분위기를 대변하고 있는 작품인데요, 설명을 최대한 줄이고 겉으로 드러난 상

황을 묘사하는 데 집중하고 있습니다. 단문을 사용해 문장이 깔끔하고 가독성이 좋은 것이 특징입니다.

필사 실습

소리 내어 읽으며 한 문장씩 옮겨 적어보세요.

작문 예시와 코칭

① 육지에 사는 사람들은 섬을 생각할 필요가 없다. 하지만 ② 우리 동네 사람들은 섬에 살면서 육지를 생각했다. 단 하루라도 육지를 생각해보지 않은 날이 없다. ③ 매일매일의 생활이 위험했기 때문이다. 우리의 생활은 지옥과 같았다. 우리는 지옥에서 늘 고통받았다. 그런데도 ② 마을 사람들은 모든 것을 잘 받아들였다. 그러나 그날 오후 ④ 벌어진 사건은 견디기 어려웠던 것 같다.

중등 1학년생의 작문

① 대비되는 개념으로 '육지'와 '섬'을 잘 선택했네요.

② 예시문에서는 다섯 식구 중의 '어머니' 한 사람을 이야기하고 있어요. '동네 사람들'과 '마을 사람들'처럼 같은 의미보다는 동네 사람들 중 한 명을 내세우면 어떨까요?

③ 섬 생활이 위험했기 때문에 매일 육지를 생각한다는 설정에서 긴장감이 느껴지네요.

④ 어떤 사건이 벌어졌는지 궁금증을 유발하며 문단을 잘 마무리했어요. 전체적으로 예시문과 유사한 분위기의 글을 작문했는데요, 이제 어휘만 바꾸는 연습에서 벗어나 글 전체의 흐름을 파악하고 나만의 글을 완성하는 훈련을 해보아요.

작문 실습

앞의 코칭 내용과 원문의 흐름을 반영해 자기만의 작문을 해보세요.

> 그 대신에 그는 앞으로 생길 외투를 늘 마음속에 그리며 정신적인 양식을 섭취했다. 이때부터 그는 존재 자체가 어쩐지 더 완전해진 것 같았고, 마치 결혼이라도 한 것 같았고, 어떤 다른 사람과 함께 있는 것 같았고, 혼자가 아니라 마음에 드는 어떤 인생의 반려가 그와 함께 인생길을 가기로 동의한 것 같았다. 이 인생의 반려는 다름 아닌, 두툼하게 솜을 두고 닳지 않는 튼튼한 안감을 댄 바로 그 외투였다.
>
> 니콜라이 고골, 『외투』, 문학동네, 2011, 33쪽

글 분석 포인트

- 두 번째 문장의 구절들이 쉼표로 연결돼 '그'의 감정이 고조되었음을 잘 보여줍니다.
- '정신적인 양식을 섭취했다'는 표현은 영상으로 만들 수 없는 문자 고유의 역할입니다.
- '완전-결혼-함께-반려' 등 같은 의미를 다양한 비유를 들어 표현하고 있습니다.
- 처음에 '외투'라고 언급했지만 마지막 문장에서 '바로 그 외투였다'고 한 번 더 언급해 강조하고 있습니다. 외투가 얼마나 소중한 존재인지 느낄 수 있습니다.

도스토옙스키는 "러시아의 모든 작가는 고골의 『외투』로부터 나왔다"라고 했습니다. 니콜라이 고골은 러시아 문학사에서 한 획을

그은 리얼리즘의 창시자입니다. 리얼리즘이란 객관적인 사실을 그대로 정확하게 재현하려는 태도를 말합니다. 러시아 사회를 풍자하고 있는 이 작품도 리얼리즘 문학이라고 할 수 있습니다.

예시문은 서류를 베껴 적는 일 외에는 아무런 즐거움이 없는 9급 문관인 아카키의 인생에 어느 날 외투가 나타나 생기를 불어넣는 장면입니다.

이 예시문을 조금 의아하게 여기는 사람도 있을지 모릅니다. 보통 단문이 좋은 문장으로 꼽히니까요. 꼭 필요한 단어만으로 구성된 문장은 깔끔하고 가독성이 좋아요. 하지만 이 예시문은 쉼표를 넣어 문장을 계속 이어가고 있습니다. 고골의 문장력이 좋지 않기 때문일까요? 외투를 얼마나 기대하고 있는지를 강조하기 위한 표현입니다. 우리는 앞에서 좋은 예시문 조건을 살펴본 적이 있어요. 여러 가지가 있지만 "문장 길이가 다양해 리듬감을 준다"도 있었지요. 보통 단문이 좋은 문장으로 여겨지기는 하지만 장문이라도 무조건 나쁘다 할 수 없어요. 위 예시문처럼 쉼표로 이어지는 장문은 고조되는 감정을 잘 표현해주기도 하고, 여러 길이의 문장이 모일 때에 문단에 특유의 리듬감이 생기니까요.

필사 실습

소리 내어 읽으며 한 문장씩 옮겨 적어보세요.

작문 예시와 코칭

> 그 대신에 나는 앞으로 생길 자전거를 늘 마음속에 그리며 ① 행복을 먹었
> 다. 이때부터 ② 나는 하늘을 나는 것 같았고, 마치 폭신한 구름 위를 걷는
> 것 같았고, 열기구를 타고 붕 뜨는 것 같았고, ③ 겨드랑이에서 날개가 돋아
> 나 나를 땅에서 떨어뜨려놓는 것 같았다. 나를 날아다니게 만든 것은 다름
> 아닌, 모터가 달린 튼튼하고 예쁜 바로 그 자전거였다.
>
> 중등 2학년생의 작문

① 원문의 '정신적인 양식'은 은유적인 표현이에요. '양식'이라고 했
기 때문에 '섭취'했다고 말할 수 있지요. '행복을 먹었다'를 대신할
다른 표현을 고민해보세요.

② '하늘을 나는 것 같았고'에서 새로 생길 자전거에 대한 기대감이
얼마나 큰지 느낄 수 있어요. 또한 예시문처럼 '~같았고'를 연이
어 써 표현을 잘 살렸네요.

③ '땅에서 떨어뜨려놓는 것 같았다'는 긍정적인 이미지보다는 분리
로 인한 부정적인 이미지로 해석돼요. 날개가 돋아나 날아오르는
느낌과 어울리는 다른 표현을 고민해보세요.

작문 실습

앞의 코칭 내용과 원문의 흐름을 반영해 자기만의 작문을 해보세요.

> 무진에 명산물이 없는 게 아니다. 나는 그것이 무엇인지 알고 있다. 그것은 안개다. 아침에 잠자리에서 일어나서 밖으로 나오면, 밤사이에 진주해 온 적군들처럼 안개가 무진을 삥 둘러싸고 있는 것이었다. 무진을 둘러싸고 있던 산들도 안개에 의하여 보이지 않는 먼 곳으로 유배당해 버리고 없었다. 안개는 마치 이승에 한이 있어서 매일 밤 찾아오는 여귀가 뿜어내놓은 입김과 같았다.
>
> 김승옥, 『무진기행』, 민음사, 2007, 10쪽

글 분석 포인트

- '없다'라고 하지 않고, '없는 게 아니다'라고 이중 부정을 해 명산물이 있음을 강조합니다.
- '안개'를 전면에서 언급하지 않고 뜸을 들여 궁금증을 유발합니다.
- 안개로 인해 산이 보이지 않는 모습을 '유배당해 버리고 없었다'로 표현한 은유법이 돋보입니다.
- 안개를 '적군', '여귀'처럼 부정적인 이미지로 표현하고 있어 안개를 대하는 화자의 마음을 유추할 수 있습니다.

『무진기행』은 한국 문학사상 최고의 단편소설로 평가받는 작품입니다. 현실과 이상 사이에서 갈등하는 주인공의 내면을 섬세하게 표현하고 있습니다. 일제강점기의 식민 교육을 받지 않은 첫 한글 세대 소설가인 김승옥은 순우리말로 감각적이고 기발하게 묘사하는 것으로도 유명합니다. 예시문에서는 무진의 '안개'를 집요하게 묘사하고 있는데요, 눈앞에 그려지듯 설명하는 그의 문장을 함께 필사해보겠습니다.

필사 실습

소리 내어 읽으며 한 문장씩 옮겨 적어보세요.

작문 예시와 코칭

우리 동네에 ① 맛집이 없는 게 아니다. 나는 ① 그곳이 어디인지 알고 있다. 그곳은 모퉁이 ① 짬뽕집이다. 주말에 느지막이 일어나서 ① 그 집에 가면, 먹잇감을 노리고 몰려든 ② 하이에나처럼 사람들과 차들이 가게 앞에 진을 치고 있었다. 짬뽕집 옆으로 나 있는 도로까지 점령하여 ③ 차도가 주차장이 되어버렸다. ④ 짬뽕집은 마치 여왕개미에게 먹이를 갖다 주기 위해 모인 ② 일개미들의 집합소처럼 사람들이 버글버글했다.

중등 3학년생의 작문

① '맛집', '그곳', '짬뽕집', '그 집', '가게' 등 주어를 다양하게 표현해서 반복을 줄였네요.

② 가게에 몰려든 사람들을 '하이에나', '일개미'로 적절하게 비유했어요.

③ '차도가 주차장이 되어버렸다'는 직접적인 현상을 나타냅니다. 예시문의 '유배당해 버리고 없었다'처럼 은유적인 표현을 고민해보세요.

④ 예시문에서 '안개'를 집요하게 묘사한 것처럼 작문에서 '짬뽕집'에 온 사람들이 아닌 '짬뽕집' 자체를 집중적으로 묘사해도 좋겠네요.

작문 실습

앞의 코칭 내용과 원문의 흐름을 반영해 자기만의 작문을 해보세요.

4장

논리력·추론력 튼튼, 비문학 필사

입문:
글의 흐름을 파악하자

글을 쓰는 목적은 다양합니다. 감정을 해소하기 위해 쓰기도 하고 누군가를 설득하기 위해서도 씁니다. 글은 자신의 생각이나 감정을 겉으로 드러내는 표현의 도구입니다. 생각을 잘 정돈해서 정확하게 보여주면 상대에게 빠르게 다가갈 수 있습니다. 비문학 필사는 생각의 연결 고리가 분명히 드러나는 문장을 분석하고 따라 쓰며 문장력을 기르는 훈련입니다.

　탄탄한 문장력을 기르려면 먼저 논리적으로 사고할 수 있어야 합니다. 논리적으로 사고할 수 없는 상태에서는 설득력 있는 글을 쓸 수 없습니다. 그렇다면 논리적인 사고력은 어떻게 기를 수 있을까요? 좋은 글을 많이 읽고, 자신의 것으로 만드는 과정을 거쳐야 합니다. 정리되지 않은 생각들을 순서에 맞게 배열하고, 근거를 차곡차곡 쌓으면 논리적인 글로 이어질 수 있습니다.

필사는 검증된 문장으로 논리력과 문장력을 기를 수 있는 단기 집중 코스입니다. 한 권의 책은 해당 분야의 전문가인 저자의 사고 과정이 그대로 담겨 있습니다. 그 과정을 분석하고 저자의 문장에 자신의 생각을 얹어 작문하면 논리적으로 사고하고 표현하는 연습을 동시에 할 수 있습니다. 물론 반복적인 훈련 과정이 필요합니다. 처음에는 단어만 바꾸는 것에서 출발합니다. 하지만 머지않아 단어 중심 '필사 – 작문' 과정이 단조롭게 느껴질 것입니다. 이후 문장 단위로 작문을 시도하고, 이것을 반복하다 보면 큰 맥락은 그대로 따르면서도 본인만의 사유가 담긴 작문을 할 수 있게 됩니다.

이 책에서 제시하는 논리력 향상 필사 – 작문은 크게 세 단계로 진행됩니다. 첫 번째 단계는 '글의 흐름 파악하기' 과정입니다. 5줄에 담긴 맥락을 이해하는 입문 단계입니다. 이 과정에서는 다양한 어휘를 연상해내는 것이 좋습니다. 같은 의미이지만 다른 표현을 찾아내 작문을 완성해보는 것입니다. 두 번째 활용 단계는 '명문의 문장 구조를 해체하기'입니다. 앞뒤 문맥을 파악하여 각각의 문장이 어떤 역할을 하고, 어떤 위치에 배치되면 좋을지 고민하는 과정입니다. 마지막으로 심화 단계는 '논리적으로 직조하기'입니다. 자신만의 논리를 펼쳐나가는 과정이지요. 이 단계에 이른 학생은 거침없는 글쓰기가 가능합니다. 명문의 틀을 빌려 자신의 논리를 얹지만, 자신만의 능숙한 서술이 가능해집니다.

　글의 흐름을 파악하는 입문 과정에서는 일관성 있는 문단을 완성하는 연습을 하게 되는데요, 입문 과정만 잘 수련해도 간단한 독후감 쓰기를 어렵지 않게 해낼 수 있습니다. 키워드를 찾고, 주제에서 벗어나지 않게 이 키워드를 풀어나간다면 제법 의미 있는 글이 완성됩니다.

　비문학 필사는 저자의 설명이 담긴 문장으로 시작하면 좋습니다. 먼저 글을 소리 내어 읽으며 손으로 옮겨 적습니다. 이후 저자가 어떠한 과정으로 설명해나가는지 관찰합니다. 관련 내용을 표현하기 위해 어떠한 예시를 들었는지, 어떤 단어를 사용했는지 세심히 들여다봅니다. 그리고 저자의 문장에서 좋은 점을 찾아 기록합니다. 비록 5줄 내외이지만 깊게 다가가 분석하다 보면 그 문맥이 자연스럽게 내 것이 될 수 있습니다.

> 세상은 수많은 지식과 정보를 바탕으로 발전해요. 지식과 정보는 새로운 생각으로부터 나온 결과이지요. 새로운 생각은 인류의 가장 위대한 발명품인 바퀴를 만들어 냈지요. 덕분에 사람은 빠르고 편리하게 멀리까지 이동할 수 있게 되었어요. 나아가 증기 기관을 발명하여 기차도 만들고 산업도 발전시켰지요.
>
> 김기태, 『나도 저작권이 있어요!』, 상수리, 2012, 89쪽

글 분석 포인트

- 첫 문장부터 마지막 문장까지 연쇄적으로 연결되어 있어 글의 흐름을 파악하기에 좋은 텍스트입니다(지식과 정보 → 새로운 생각 → 바퀴 발명 → 빠르고 편리하게 이동 → 기차 발명 → 산업 발전).
- 단문으로 구성하여 가독성이 좋습니다.
- 바퀴 발명부터 산업 발전까지 빠르게 나아가 지루하지 않습니다.
- '덕분에', '나아가'와 같은 표현으로 문장 간 연결성을 높였습니다.

　　어린이 교양서 『나도 저작권이 있어요!』의 저자 김기태는 현재 세명대학교 교수이자 출판 평론가입니다. 표절과 저작권에 관해 다양한 저술 활동을 하고 있습니다. 『나도 저작권이 있어요!』는 어린이 눈높이에 맞춰 쓰인 책입니다. 정확한 정보 위주로 서술되어 글의 흐름을 파악하기에 좋은 교재입니다. 위 예시문은 아직 필사에 익숙하지 않은 입문 단계에서 연습하기에 적합합니다. 단어 변화만

으로도 문장을 완성할 수 있어 자신감을 가질 수 있습니다. 소재도 친숙해 부담 없이 작문할 수 있고요. 쉽고 재미있게 '필사–작문'을 시작하기에 안성맞춤입니다. 관련성 있는 소재를 확장하며 찾는 연습은 논리력 향상에도 큰 도움이 됩니다.

필사 실습

소리 내어 읽으며 한 문장씩 옮겨 적어보세요.

작문 예시와 코칭

> ① 우정은 ② 믿음과 배려를 바탕으로 발전해요. 믿음과 배려는 사랑하는
> 마음으로부터 나온 결과이지요. 사랑하는 마음은 사람에게 가장 필요한 관
> 계인 ③ 친구를 만들어냈지요. ④ 덕분에 사람은 믿고 의지할 수 있게 되었
> 어요. ④ 나아가 슬플 때 위로해주면서 외롭지 않게 살아가게 되었지요.
>
> 중등 3학년생의 작문

① 학생은 물론 성인에게도 중요한 삶의 요소인 '우정'이라는 소재를
가져와 모든 독자가 흥미를 느낄 수 있습니다.

② 원문의 연결 구조를 잘 살렸습니다. '지식과 정보'는 '믿음과 배려'로,
'새로운 생각'은 '사랑하는 마음'으로, '바퀴'는 '친구'로, '이동'은 '의
지'로, '산업 발전'은 '외로움 극복'으로 잘 대치되었어요.

③ '친구'라는 관계에서 시작해 서로 의지하고 위로해주며 살아가는 인
간의 특성이 하나의 연결 고리로 자연스럽게 이어집니다.

④ 원문의 '덕분에', '나아가'를 그대로 살려 문단의 큰 흐름을 놓치지 않
으면서 각 문장의 앞뒤 연결이 매끄러워 잘 읽힙니다.

작문 실습

앞의 코칭 내용과 원문의 흐름을 반영해 자기만의 작문을 해보세요.

> 철학하며 산다는 것은 생각하며 사는 것입니다. 생각하며 산다는 것은 당연히 생각 없이 사는 것과 반대이지요. 솔직히 우리는 생각 없이 살 때도 많습니다. 그렇다고 우리에게 영혼이 없다거나 의식이 없다는 건 아닙니다. 사람들이 악마라고 욕했던 아이히만이나 아부그라이브 수용소의 그 군인들도 의식이 없지 않았습니다. 오히려 그들은 자기 일에 정신을 집중해서 성공적으로 임무를 수행했지요.
>
> 고병권, 『생각한다는 것』, 너머학교, 2010, 134쪽

글 분석 포인트

- 첫 번째 문장과 두 번째 문장을 비슷한 구조로 써 '생각한다는 것'의 의미를 쉽고 간결하게 서술했습니다.
- 친근하게 말을 건네는 방식으로 표현해 편안하게 읽힙니다.
- '솔직히', '오히려'와 같은 부사를 사용해 문장이 밀접하게 연결됩니다.
- '아이히만', '아부그라이브 수용소의 군인'을 구체적인 예시로 들어 '모든 사람은 생각하며 살고 있다'는 필자의 의도를 잘 살렸습니다.

　『생각한다는 것』은 '철학이란 무엇인가'라는 주제로 청소년을 위해 쓴 철학 책입니다. 첫 번째 문장 "철학하며 산다는 것은 생각하며 사는 것입니다"는 철학한다는 것의 의미를 이해하기 쉬운 표현으로 정의한 것입니다. 생각 없이 사는 것과 의식이 없다는 것은 다름을 짚습니다. '사람들이 악마라고 욕했던'이라는 표현을 넣어 아

이히만과 아부그라이브 수용소의 군인들이 어떠한 비유로 제시됐는지 설명하고 있습니다.

필사 실습

소리 내어 읽으며 한 문장씩 옮겨 적어보세요.

작문 예시와 코칭

> ① 동생과 사이좋게 지낸다는 것은 생각 없이 산다는 의미입니다. ② 솔직히 생각하며 산다면 집안의 평화는 사라지고 맙니다. ③ 그렇다고 저에게 영혼이 없다거나 의식이 없다는 건 아닙니다. ④ 엄마 아빠도 항상 깊이 생각하며 살아야 한다고 강조하십니다. 하지만 동생 앞에서만은 오히려 제가 생각 없이 사는 것을 더 바라시지요.
>
> 초등 6학년생의 작문

① '동생과의 관계'라는 일상에서 흔히 볼 수 있는 소재를 작문에 이용한 점이 탁월합니다. 더욱이 '철학한다는 것'이라는 원문의 진지한 주제와 나란히 놓여 독자의 웃음을 자아냅니다.

①~③ 첫 문장부터 세 번째 문장까지 원문의 기본 구조를 잘 유지해 흐름이 매끄럽습니다.

④ 부모님의 생각과 현실이 같을 수 없음을 표현한 점이 재미있습니다. 동생을 둔 글쓴이가 생활에서 겪는 고단함이 생생하게 전달됩니다. 진지한 원문을 이처럼 일상의 소재로 대치해 쓰면 많은 독자에게 흥미로우면서도 웃음이 나는 글이 완성되곤 합니다.

작문 실습

앞의 코칭 내용과 원문의 흐름을 반영해 자기만의 작문을 해보세요.

요즘의 팬덤은 스타에게 고가의 선물을 주기보다 의미 있는 행사를 통해 스타를 알리고 이미지를 좋게 하는 데 열심이다. 스타와 함께 좋은 일을 하면 팬들 역시 자신이 좋은 사람이라는 것을 확인하게 되는데, 그 과정에서 자존감이 높아지는 효과까지 거둘 수 있다. 자존감은 말 그대로 자기 자신을 존중하고 가치 있다고 여기는 마음이다.

이남석, 『뉴스로 보는 사이다 심리학』 다른, 2017, 44쪽

글 분석 포인트

• 대중문화에 나타나는 보편적 현상인 스타와 팬의 관계를 소재로 해 흥미롭습니다.
• '팬덤'이라는 신조어를 사용하여 대중문화에 생긴 변화를 설명합니다.
• 팬덤이 개인의 자존감 형성에 어떠한 영향을 미치는지 그 상관관계를 밝힙니다.
• 팬덤 문화가 맹목적으로 특정 대상을 좇는 문제적 현상이 아닌 사회적, 개인적 면에서 긍정적 역할도 하고 있다는 점을 잘 드러내고 있습니다.

『뉴스로 보는 사이다 심리학』은 뉴스와 신문에서 드러난 인간의 집단 심리를 분석합니다. 대중 심리를 파악하는 것은 사회적 이슈를 균형감 있는 시선으로 바라볼 수 있도록 돕습니다. 팬덤은 청소

년들 사이에서 익숙한 문화로 자리 잡았습니다. 팬덤 문화의 변화를 파악하는 것은 청소년 문화를 이해하는 것과 같습니다.

필사 실습

소리 내어 읽으며 한 문장씩 옮겨 적어보세요.

작문 예시와 코칭

> 요즘 ① 유튜버는 정보를 제공하기보다 자신의 일상을 공유하고 소통할 수 있게 하는 데 열심이다. 구독자들과 함께 댓글로 대화하면 ② 오프라인에서 만나는 친구보다 더 친숙해지기도 하는데 유튜버와 구독자 사이의 적당한 거리감은 더욱 성숙하게 관계 맺는 방법을 알려준다. 관계 맺는 방법을 배우는 것은 ③ 사회인으로서의 역할을 배우는 공부이다.
>
> 중등 2학년생의 작문

① '팬덤'과 같이 청소년 문화를 대표하는 '유튜버'라는 흥미로운 소재를 사용했군요.

② 온라인상의 관계와 오프라인에서의 관계를 비교해서 온라인 관계의 의미를 다시 생각해볼 수 있게 합니다.

③ 유튜브가 청소년에게 새로운 사회 무대로 인식되고 있음을 표현해주면서, 시대 변화를 담아내고 있습니다.

작문 실습

앞의 코칭 내용과 원문의 흐름을 반영해 자기만의 작문을 해보세요.

02

활용:
문장 구조를 해체하자

입문 과정을 충분히 연습했다면 필사 작문에 대한 부담은 어느 정도 사라졌을 것입니다. 차근차근 자신만의 색깔을 담은 문장 쓰기에 도전해볼까요?

문장 구조를 해체한다는 것은 좀 더 시야를 좁혀 예리하게 문장을 분석한다는 의미입니다. 각각의 문장이 서로 어떠한 관계로 연결되어 있는지 앞뒤 문장과의 연결성을 살펴봅니다. 글의 흐름과 구조를 파악하는 일은 저자가 말하고자 하는 주제에 한 걸음 다가선다는 의미이기도 합니다. 문장 구조를 해체하며 작문을 하면 문장력뿐만 아니라, 글을 보는 안목도 높아질 수 있습니다.

비문학 필사는 논리력과 추론력을 기를 수 있는 최상의 글쓰기

도구입니다. 책에 담긴 내용을 분석하며 문장의 구조와 논증 과정을 파헤치다 보면 논리력과 추론력이 자연스럽게 따라옵니다. 이 과정에서 핵심은 작문입니다. 분석에서 머물지 않고 작문으로 나아가야 나만의 문장을 쓸 수 있습니다. 자 그럼 문장 구조 해체를 시작하겠습니다. '글 분석 포인트'에 주목해주세요.

우리가 첫 번째로 필사할 예시문은 『비숲』(사이언스북스, 2017)이라는 책의 일부입니다. 이 책은 대한민국 최초 야생 영장류학자인 김산하의 과학교양서로, 인도네시아 자바 섬에 있는 구눙할리문살락 국립공원에서 2년간 '긴팔원숭이'를 연구한 기록입니다. 저자는 밀림 속에서 마치 자연의 한 부분인 양 지내면서 동물들의 생활을 통해 인간의 삶을 통찰하고 있습니다.

재미있는 점은 독자들의 반응입니다. 많은 독자가 과학자가 이렇게 글을 잘 쓴다는 사실에 많이 놀랍니다. 한 독자는 "과학자의 글이 아니다! 표현력이 웬만한 작가 뺨을 친다"라고까지 칭찬합니다. 이력을 보면 그가 이렇게 '글 잘 쓰는 과학자'가 된 배경을 짐작할 수 있습니다. 김산하 박사는 자연과학과 인문학을 연결하고자 애쓰고 있는 최재천 교수의 제자인데요, 스승 덕분에 과학과 창작의 경계를 기웃거릴 수 있었다고 말합니다.

단순 과학적 연구를 넘어 밀림 속 동식물과 나눈 벅찬 우정이 기록돼 있는 『비숲』의 5줄을 한번 필사해볼까요.

> 열대의 아침은 캄캄한 가운데 시작된다. 빛이 밤을 채 침투하기도 전에 숲은 기지개를 켠다. 단 하루도 안전이 보장되지 않는 밀림의 밤을 무사히 보낸 생명들이 잠에서 깨어난다. 서로 얽히고설킨 생태계를 오늘도 한 바퀴 돌리기 위해 이들은 묵묵히 제자리를 향해 기어가고, 뛰어가고, 날아간다. 간밤에 생이 마감된 이들도 부지기수이다. 살아남은 자들의 기쁨과 기상으로 꾸며진 이곳의 모든 아침은 그래서 특별하다.
>
> 김산하, 『비숲』, 사이언스북스, 2015, 350쪽

글 분석 포인트

- 문장 길이가 점점 길어지다 마지막 두 문장을 짧게 해서 리듬감이 돋보입니다.

- 열대의 아침을 마치 살아 있는 생명체로 비유해서 분위기가 생생하게 다가옵니다(기지개를 켠다, 잠에서 깨어난다, 기어가고 뛰어가고 날아간다).

- '시작한다', '깨어난다', '부지기수이다' 등 서술어를 다양하게 표현했습니다.

- 밀림 속 생물들을 '생이 마감된 이들', '살아남은 자들'로 의인화하여 읽는 재미를 주었습니다.

- '안전이 보장되지 않은', '얽히고설킨 생태계'와 같은 표현이 밀림의 삶이 얼마나 치열한지 간접적으로 보여줍니다.

『비숲』의 예시문은 상상력과 공감하는 능력을 요합니다. 저자가

묘사하는 풍경들을 연상하지 못한다면 책의 가치를 다 파악할 수 없습니다. 탁월한 삶의 통찰이 묻어나는 글입니다. 『비숲』에는 필사하기 좋은 문장이 많습니다. 저자의 사유를 쫓아 작문 연습을 한다면 논리력을 십분 끌어올릴 수 있습니다.

필사 실습

소리 내어 읽으며 한 문장씩 옮겨 적어보세요.

작문 예시와 코칭

> ① 학교의 아침은 날마다 축제 분위기로 시작된다. 수업이 시작되기 전에 학교는 축제의 전야처럼 활기차다. 조금도 여유가 주어지지 않는 ② 빡빡한 스케줄을 무사히 보낸 아이들은 친구를 만나서 스트레스를 푼다. 시험과 공부로 얽히고설킨 인생을 오늘도 한 바퀴 돌리기 위해 아이들은 묵묵히 제자리를 향해 ③ 기어가고, 뛰어가고, 날아간다. 간밤에 공부를 포기한 이들도 부지기수이다. ④ 살아남은 자들의 고통과 다짐으로 꾸며진 이곳의 모든 아침은 그래서 특별하다.
>
> 중등 1학년생의 작문

① 학교의 아침을 '축제 분위기'로 표현하니 활기찬 분위기가 그대로 전해지네요.

② '안전이 보장되지 않는 밀림의 밤'을 '여유가 주어지지 않는 빡빡한 스케줄'로 대치해서 원문의 긴박감을 잘 살린 점이 탁월합니다.

③ '기어가고, 뛰어가고, 날아간다'를 주어 '아이들은'에 어울리게 다른 단어로 바꿔보면 어떨까요?

④ 원문은 밀림 속 생물들을 '생이 마감된 이들', '살아남은 자들' 등으로 의인화해서 표현했어요. 이러한 표현법을 살려서 작문해보면 어떨까요. 가령, 아이들을 사물이나 동물에 비유해봐도 재미있을 거예요.

작문 실습

앞의 코칭 내용과 원문의 흐름을 반영해 자기만의 작문을 해보세요.

◆ 비문학 필사 예시문(인문)_활용 ②

> 차별을 깨닫기 위해서는 이미 익숙해져 있는 것들을 새로운 시선으로 봐야
> 합니다. 상당한 민감성과 노력이 필요하지요. 올챙이 적 생각만 하는 우물
> 안 개구리가 되지 않기 위해서는 과거가 아닌 현재를 기준으로 생각하고,
> 우리나라에 국한하지 말고 전 세계와 비교해야 합니다. 하지만 우리나라에
> 는 여성들이 차별은커녕 오히려 너무 많은 것을 누리고 있다고 생각하는 사
> 람들도 적지 않아요. 남성보다 열등한 위치에 있지 않은 여성들의 등장을
> 받아들이기가 어렵기 때문일 거예요.
>
> 김고연주, 『나의 첫 젠더 수업』, 창비, 2018, 201쪽

글 분석 포인트

- '차별'을 인식하려면 '새로운 시선'이 필요하다는 저자의 생각이 시
  선을 끕니다.
- 새로운 시선을 갖기 위해서 필요한 것을 다음 문장에서 구체적으로
  제시합니다.
- 마지막 두 문장에서 한국 사회의 현실을 직시하는 저자의 태도가
  드러납니다.
- 남성의 고정관념에서 여성 차별의 원인을 찾아 비판적 태도를 드
  러냅니다.

　『나의 첫 젠더 수업』은 청소년들에게 올바른 젠더 교육을 하고,
젠더 감수성을 높여주기 위해 쓰인 책입니다. 무의식적 차별을 경

계하기 위해서는 '이미 익숙해져 있는 것들을 새로운 시선'으로 보는 태도가 필요하다고 말합니다. 거리 두기 방식으로 자기 자신을 관찰하도록 하고, 독자의 생각 범위를 확장시키려 노력합니다.

필사 실습

소리 내어 읽으며 한 문장씩 옮겨 적어보세요.

작문 예시와 코칭

> ① 숙면을 취하기 위해서는 이미 익숙해져 있는 생활 패턴을 새롭게 바꿔야 합니다. 상당한 노력이 필요하지요. 옛날 생각만 하며 ② 바꾸지 않고 제자리에만 있지 않기 위해서는 과거를 버리고 현재부터 시작해야 하며, ③ 다른 사람과 비교하지 말고 스스로와 비교하며 바꿔야 합니다. 하지만 사람들은 노력은커녕 오히려 ④ 나아지겠지 생각하는 경우가 적지 않아요. 어릴 적부터 길들여왔던 생활 습관을 바꾸는 것을 받아들이기 힘들기 때문이지요.
>
> 중등 1학년생의 작문

① '숙면'이라는 소재가 친근하고 읽는 재미를 줍니다.

② '옛날 생각만 하며 바꾸지 않고'에서 무엇을 바꾸지 않았는지 언급해주세요. 구체적인 사실을 들어 쓰는 연습이 필요해요.

③ '비교하지 말고', '비교하며' 등 같은 말을 반복해서 사용했네요. '스스로와 비교하며'를 삭제해 문장을 간결하게 쓰도록 해요.

④ '나아지겠지'는 사람들의 생각이니 작은따옴표를 붙여주면 훨씬 생생하게 전달됩니다.

작문 실습

앞의 코칭 내용과 원문의 흐름을 반영해 자기만의 작문을 해보세요.

....

....

....

....

....

....

....

....

....

....

....

....

....

....

....

> 사람이 당나귀를 길들일 때 쓰는 전략을 흔히 '당근과 채찍'이라 부른다. 달콤한 보상과 가혹한 징벌을 번갈아 주어 주인이 원하는 행동을 할 동기를 부여하고 원치 않는 행동을 하지 않도록 통제하는 방식이다. 권력이 언론을 길들일 때도 마찬가지다. 채찍만 휘두르지 않고 언제나 당근을 함께 제시한다. 독재 정권은 말을 듣지 않는 언론에게는 무자비한 폭력과 탄압을 가했지만, 자신들을 순순히 따르는 언론에는 다양한 보상을 내려주었다.
>
> 박영흠, 『왜 언론이 문제일까?』 반니, 2018, 112쪽

글 분석 포인트

• '당근과 채찍'이라는 비유로 길들이는 방법을 대비하여 정의했습니다.

• 첫 문장에서 제시한 '당근과 채찍'의 의미를 자세히 풀어주었습니다(당근=달콤한 보상, 채찍=가혹한 징벌).

• 길들인다는 것은 주인이 원하는 행동을 더 열심히 하게 만들고, 원치 않는 행동은 하지 않도록 통제하는 것임을 말합니다.

• 사람이 당나귀를 길들일 때 쓰는 전략과 독재 정권이 언론을 길들였던 방법을 같은 맥락으로 설명해 독자의 이해를 돕습니다.

• 문장 길이가 다양해 글에 리듬감이 느껴집니다.

『왜 언론이 문제일까?』는 언론의 속성과 역할에 대해 설명한 책입니다. 사람이 누군가를 길들일 때 '당근과 채찍'의 전략을 사용하듯 언론 또한 독재 정권에 의해 비슷한 방식으로 통제되곤 했습니

다. 이는 언론이 악용될 수 있음을 보여줍니다. 달콤한 보상이 민주주의를 후퇴시키고 나쁜 언론을 만들어낸다는 결론으로 자연스럽게 연결합니다.

필사 실습

소리 내어 읽으며 한 문장씩 옮겨 적어보세요.

작문 예시와 코칭

> ①② 교사가 학생을 길들일 때 사용하는 전략을 흔히 '당근과 채찍'이라고 부른다. 달콤한 말과 가혹한 징계를 번갈아 주어 교사가 원하는 행동을 하도록 만들고 원치 않은 행동을 하지 않도록 통제하는 방식이다. ③ 선배가 후배를 길들일 때도 마찬가지다. ④ 강압적인 행동만 하지 않고 언제나 다정한 멘트도 함께 해준다. 하늘 같은 선배의 말을 듣지 않는 후배에게는 따가운 시선과 질타를 가하지만, 순순히 말을 잘 따르는 후배에게는 든든한 지지자가 되어준다.

① 교사와 학생의 관계로 소재를 바꾸어 첫 문장을 시작했군요. 원문의 형식도 잘 지켰네요.

② 교사와 학생, 선배와 후배 등 누구나 경험했음 직한 상황으로 설명해 독자의 이해를 돕습니다.

③ 원문의 '언론과 권력' 관계를 '선배와 후배'의 관계로 풀어내어 설득력이 높습니다.

④ 첫 문장의 '당근과 채찍' 비유를 '강압적 행동과 다정한 멘트' 등으로 잘 풀어냈습니다.

작문 실습

앞의 코칭 내용과 원문의 흐름을 반영해 자기만의 작문을 해보세요.

임화:
논리적으로 직조하자

비문학 필사의 최종 목적지는 명쾌한 논리가 돋보이는 글을 읽고 탄탄한 근거로 무장된 작문을 완성하는 것입니다. 명쾌한 논리가 돋보이는 글이란 어떤 글일까요? 바로 전제와 결론의 관련성이 높아서 글쓴이의 결론을 독자가 이견 없이 공감할 수 있도록 서술된 글을 말합니다. 설득력 있는 논증 과정을 통해 글쓴이의 생각이 독자에게 빠르게 다가가는 글입니다.

비문학 '필사 – 작문'을 하기 위해서는 좋은 글을 볼 수 있는 안목이 필요합니다. 각 문장 간의 관계와 근거의 적절성 여부를 판단할 수 있어야 하기 때문입니다. 이러한 능력은 '책을 얼마나 많이 읽었느냐'보다 '얼마나 깊이 읽었느냐'와 관련이 있습니다. 앞의 활용 단계에서 설명했듯 문장을 해체하고 분석하는 훈련을 필수적으로 반복해야 합니다.

자신의 관점을 논리적으로 직조해나가려면 우선 무엇을 말하고 싶은지가 분명해야 합니다. 그리고 그것을 어떠한 문장 구조로 전개해나갈지 구상해야 합니다. 한 문단을 어떻게 구성할지는 논리의 밀도와 관련이 깊습니다. 따라서 효과적으로 전달하기 위해서는 간결하면서도 인상적인 문장을 구사하기 위한 연습을 꾸준히 해야 합니다. 불필요한 수식 어구나 비슷한 단어와 문장을 반복해서 쓰지 않도록 경계해야 합니다.

'논리적으로 직조하기' 단계에서는 먼저 예시문의 글을 꼼꼼히 분석합니다. 글의 흐름과 비유뿐만 아니라 인용까지 살펴보고 각 문장들이 저자가 말하고자 하는 주제에 어떠한 기여를 하고 있는지 파악합니다. 또한 어떠한 방법으로 글의 흐름을 끌고 가는지에 주목합니다. 분석이 끝났다면 비슷한 방식으로 나의 생각을 풀어내봅니다. 문장의 큰 줄기는 그대로 유지하고, 앞뒤 문맥을 고려하여 작문해봅니다.

◆ 비문학 필사 예시문(인문)_심화 ①

> 언론은 사람들이 뉴스를 틀림없는 사실이라고 믿게 만드는 표현 방법을 발달시켜 왔습니다. 같은 선물이라도 비닐봉지에 담을 때와 고급스러운 포장지에 쌀 때 받는 이의 느낌이 다르겠지요. 언론보도는 고급스러운 포장지와 같습니다. 신문은 어제 일어난 일을 생생한 현장 사진과 기사로 매일 우리들에게 배달합니다. 방송 역시 말끔하게 차려입은 앵커가 스튜디오에 앉아 정확한 발음으로 자막과 함께 생생한 현장 뉴스를 영상으로 전달하지요. 그리고 우리 대부분은 언론에 보도된 내용을 의심하지 않고 사실로 받아들이기 마련입니다.
>
> 구본권, 『뉴스, 믿어도 될까?』, 풀빛, 2018, 195쪽

글 분석 포인트

• 첫 문장의 '뉴스를 틀림없는 사실이라고 믿게 만드는 표현 방법'이라는 구절로 언론의 객관성에 의문을 제기하고 있습니다.

• '비닐봉지'와 '포장지'를 대비하여 언론 보도가 대중에게 다가서는 느낌을 극명하게 비유했습니다.

• 네 번째, 다섯 번째 문장에서 신문과 방송의 특징을 각각 한 문장으로 간결하게 서술합니다.

• 언론이 뉴스를 사실이라고 믿게 함으로써 사람들은 의심 없이 받아들이고 있다는 결과를 설득력 있게 직조했습니다.

　구본권의 『뉴스, 믿어도 될까?』는 청소년이 미디어의 속성을 이해하고, 제대로 활용하는 능력을 기르도록 하기 위해 출간된 미디

어 교육서입니다. 예시문은 언론의 속성과 사람들이 언론을 대하는 태도를 '포장'이라는 키워드로 간명하게 비유해냈습니다. 언론의 발달이 사람들에게 어떠한 영향을 미치고 있는지를 누구나 공감할 만한 예시로 간단하면서도 짜임새 있게 완성했습니다.

필사 실습

소리 내어 읽으며 한 문장씩 옮겨 적어보세요.

작문 예시와 코칭

① 게임 장비 회사는 사람들이 ② 게임을 잘한다고 믿게 만든 방법을 발달시켜 왔습니다. 같은 게임이라도 가정용 장비로 할 때와 게이밍 장비로 할 때 사용자가 받는 느낌은 다릅니다. ③ 모니터는 내 캐릭터를 생생한 효과와 높은 화질로 우리들에게 배달합니다. 헤드셋 역시 게임의 사운드를 진동과 함께 ④ 생생하게 전달하지요. 그래서 우리 대부분은 좋은 장비를 사용할 때 더 재미있다고 느끼기 마련입니다.

중등 3학년생의 작문

① '언론' 대신 '게임 장비 회사'를 소재로 사용해 작문 내용이 참신합니다. 많은 학생이 공감할 만한 소재이고요.

② '게임을 잘한다고 믿게 만드는 방법'을 '게임 장비'와 연결하여 문맥이 매끄럽네요.

③ '생생한 효과와 높은 화질로'를 '생동감 넘치는 움직임과 선명한 화질로'로 바꾸어야 문장이 자연스럽게 연결됩니다.

④ '생생한', '생생하게'와 같이 같은 단어를 반복해서 쓰면 글이 지루하다는 느낌을 주게 돼요. 다양한 어휘를 사용해야 가독성이 높아집니다.

작문 실습

앞의 코칭 내용과 원문의 흐름을 반영해 자기만의 작문을 해보세요.

> 저는 생물다양성 감소를 젠가 게임과 같다고 비유했었습니다. 그런데 우리 생태계는 젠가 게임의 끝처럼 굉음을 내며 한순간에 무너져 내리는 게 아닐지도 모릅니다. 악기들이 빠져나가는 와중에도 연주가 계속되는 것처럼 조용하게 끝을 향해 가고 있을 수도 있습니다. 시간이 지날수록 소리는 단선적이고 조용해질 것입니다. 그리고 끝내 연주를 할 수 없을 때 우리는 함께 사라질 것입니다.
>
> 최재천, 『생각의 탐험』, 움직이는서재, 2016, 48쪽

글 분석 포인트

- '생물다양성 감소'를 '젠가 게임'에 비유한 점이 재미있습니다.
- '~처럼' '~같다' 등의 비유적 표현을 사용해 저자의 의도를 쉽게 이해할 수 있습니다.
- 생물의 다양성 감소 문제의 끝을 '악기 연주'에 빗대어 독자가 끝이 다른 두 가지 상황(젠가 게임 대 악기 연주)을 쉽게 연상할 수 있습니다.
- 생물 다양성의 감소가 사람들을 '함께 사라지도록' 만들 만큼 위험한 일임을 한 문장으로 간결하게 표현해냈습니다,

『생각의 탐험』의 저자 최재천은 과학의 대중화를 위해 노력하는 학자입니다. '통섭'이라는 용어로 학문 간 소통의 필요성을 널리 알리고 있습니다. 『생각의 탐험』은 청소년을 위한 강의 형식의 책으로 생물, 환경, 교육, 독서 등 열 가지의 키워드를 제시하여 사고의

확장을 이끄는 책입니다. 저자는 생물의 다양성 감소를 '젠가 게임'과 '악기'에 비유해 문단을 시작했습니다. '생각'이 어떻게 변화되어갔는지를 쉽게 상상할 수 있도록 표현합니다. 또한 '~지도 모릅니다', '있을 수도 있습니다', '~질 것입니다'와 같이 단언하지 않아 독자가 거부감 없이 받아들일 수 있도록 합니다.

필사 실습

소리 내어 읽으며 한 문장씩 옮겨 적어보세요.

작문 예시와 코칭

> 저는 우리 ① 뇌 기능 저하를 컴퓨터와 같다고 비유했습니다. 그런데 우리 뇌는 컴퓨터처럼 굉음을 내가며 한순간에 멈춰버리는 게 아닐지도 모릅니다. 강물이 흘러가는 와중에도 새로운 강물이 유입되는 것처럼 꾸준하게 오히려 더 많은 것을 채워나갈 수도 있습니다. ② 시간이 너무 많이 흘러버리면 물은 서서히 사라질 것입니다. ③ 그리고 끝내 강바닥이 드러났을 때 우리는 함께 사라질 것입니다.
>
> 초등 6학년생의 작문

① 뇌 기능 저하 문제를 컴퓨터에 비유했네요. 키워드를 잘 찾았습니다.

② 이 문장부터 연결성이 떨어집니다. 앞 문장과 잘 연결되면서 화두를 풀어갈 수 있도록 수정해봅시다. 예를 들어 '시간이 지날수록 강물은 서서히 바다에 가까워질 것입니다'로 바꿔보면 어떨까요?

③ 강바닥이 드러나는 것과 뇌 기능 저하와의 관련성이 적어 불필요한 문장이 되었습니다. 뇌 기능 저하의 위험을 알리는 문장으로 재구성해보면 어떨까요? 전체적으로 원문의 구조를 유지하며 글을 잘 구성했지만 다루는 내용에 따라서는 과감한 변화도 필요합니다.

작문 실습

앞의 코칭 내용과 원문의 흐름을 반영해 자기만의 작문을 해보세요.

> 멋있는 사람은 통상적인 감정의 문법에서 벗어나 있는 사람이다. 저 사람이
> 분명히 소리를 지를 거야 하고 긴장하며 지켜보고 있는데, 의외로 담담하게
> 반응하는 사람이 매력적이다. 누가 보아도 화가 나는 상황이지만 화를 내지
> 않는 사람은 무섭다. 환경의 지배를 받지 않기 때문이다. 외부의 자극에 속
> 절없이 휘둘리지 않는 내공의 소유자이기 때문이다.
>
> 김찬호,『모멸감』, 문학과지성사, 2014, 288쪽

글 분석 포인트

• 저자 김찬호가 생각하는 '멋있는 사람'을 간결하게 정의하며 시작
  합니다.

• 두 번째 문장에서 감정의 문법에서 벗어난 사람이 어떤 사람인지
  구체적으로 제시합니다.

• 마지막 두 문장의 서술부를 '때문이다'로 중복 사용해 멋있는 사람
  의 특징을 강조하고 있습니다. 환경과 외부 자극에 영향을 받지 않
  는 사람이 멋있는 사람이라고 힘주어 말하고 있어요.

• 접속사 하나 없이 각각의 문장이 밀접하게 연결되었습니다.

  김찬호는『모멸감』에서 한국 사회의 문제를 '모멸감'이라는 키워
드로 분석했습니다. 일상에서 모멸을 주고받는 분위기는 왜 생겨났
으며, 그로 인해 어떤 문제점이 있는지 추적합니다. 제시문에서 언
급한 멋있는 사람은 결국 모멸감을 느끼지 않는 사람이라고도 말할

수 있습니다. 다양한 예시를 통해 하나의 정의를 확장하여 다각적으로 생각하도록 이끌어줍니다.

필사 실습

소리 내어 읽으며 한 문장씩 옮겨 적어보세요.

작문 예시와 코칭

> ① 친구가 없는 사람은 보통 제멋대로 화를 내는 사람이다. 누구도 화를 낼 거라 상상도 못 하고 있는데, 갑자기 고래고래 소리 지르며 화내는 사람은 ② 비호감이다. 누가 보아도 평범한 대화를 나눈 상황이지만 저 혼자 ③ 분노하는 사람은 상대를 불쾌하게 한다. 다른 사람을 불편하게 하기 ④ 때문이다. 자기만의 감정에 속절없이 휘둘리는 형편없는 내면의 소유자이기 ④ 때문이다.
>
> 중등 3학년생의 작문

① '친구'라는 누구나 공감할 만한 소재로 잘 대치했으며, 전체적으로 원문의 흐름을 잘 살렸군요. 문장 수, 단어 배치, 상황 설정 등이 탁월합니다.

② 원문의 '매력적'을 '비호감'으로, '외부'를 '내면'으로 바꾸어 원문과 대비하며 읽는 재미를 주었습니다.

③ 첫 문장 '화'에서 시작된 감정이 '분노'로 확장돼 글의 흐름이 자연스럽습니다.

④ 원문처럼 마지막 두 문장에서 '때문이다'를 중복 사용해 제멋대로 화내는 사람이 친구가 없는 이유를 강조했습니다.

작문 실습

앞의 코칭 내용과 원문의 흐름을 반영해 자기만의 작문을 해보세요.

5장

이해력·설득력 쏙쏙,
미디어 필사

복잡한 세상에서 살아가기 위해서는 '이해력'과 '설득력'이 중요합니다. 오늘날 각종 매체마다 토론과 논쟁이 넘쳐나지요. 우리가 생각하는 것보다 훨씬 많은 토론과 논쟁이 곳곳에서 벌어지고 있습니다. 차분한 일상 대화부터 전문 칼럼니스트와 토크쇼 진행자 들이 상대방의 의견을 가볍게 비판하는 것도 논쟁입니다. 토론과 논쟁은 우선 상대를 설득하기 위한 과정이기도 하지만 내가 상대의 생각을 이해하는 방법이기도 합니다.

글도 마찬가지입니다. 감성적인 글이든 지식을 전달하는 글이든 저자는 독자의 공감과 동의를 유도합니다. 이런 글은 소통을 전제로 합니다. 특히 칼럼은 독자의 공감과 동의를 유도하는 데 최적화된 글입니다. 칼럼은 그날 신문에 실린 글 중 가장 정제돼 있으며, 해당 분야의 전문가가 자신만의 전개 방식으로 논리를 풀어나가는 글입니다. 글을 통해 상대의 의도를 파악하고 더 나아가 그에 대한 자기 생각을 정리하는 연습으로 칼럼 필사를 추천합니다.

『장선화의 교실밖 글쓰기』(스마트북스, 2017)에 따르면 우리가 사는 세상이 어떻게 돌아가는지, 다른 사람들은 어떤 생각을 하는지를 엿보기에는 사설과 칼럼만 한 것이 없다고 강조합니다. 이런 칼럼 필사는 다양한 정보를 압축해 전달하고 비판적 사고를 훈련하도록 돕습니다. 글을 관찰하고 분석하며 새로운 정보를 분류하고 다시 구성하는 작업을 통해 쓸모없는 정보를 걸러내는 능력 또한 향상시킬 수 있습니다.

반면 기사문은 어떤 사건이나 상황에 관해서 객관적으로 서술하는 글입니다. 2018년 현재 26년 차 기자인 박종인은 『기자의 글쓰기』(북라이프, 2016)에서 좋은 글의 성격을 세 가지로 정리합니다. 쉽고 구체적이고 짧은 글이 그것인데요, 특히 '중학교 1학년이 읽어서 이해가 안 되면 글이 아니다'라고 강조합니다. 쉽게 풀어 쓴 글은 '전달력'과 '호소력'이 있습니다. 구체적인 사실의 중요성도 언급합니다. 독자들은 '사고가 났다'가 아니라 무슨 사고가 왜 났고 어떤 피해가 있었는지 구체적으로 알고 싶어 하기 때문입니다. 기사문은 바로 이런 특징이 잘 드러난 글입니다.

5장에서는 기사문과 칼럼을 세 단계(입문-활용-심화)를 거쳐 필사해보게 될 텐데요. 입문 단계에서는 간결한 사실 전달과 설득을 목표로 하는 글의 기초를 살펴보고, 활용 단계에서는 학생들에게 적절한 소재를 찾아 필사하고 작문하는 훈련을 해볼 것입니다. 마지막으로 심화 단계에서는 객관적 서술과 설득적 문장을 완전히 자기 것으로 만드는 훈련이 진행됩니다.

기사문과 칼럼을 필사하기 전에 주의할 점 세 가지가 있습니다.

첫째, 보통 미디어 글은 제목에 글쓴이가 하고자 하는 말이 압축되어 있으므로, 제목을 잘 살펴보는 것도 필사 문단을 이해하는 데에 큰 도움이 됩니다. 둘째, 문장에 쓰인 단어를 완벽히 이해하세요. 기사문이나 칼럼에는 익숙하지 않은 단어들이 자주 나오므로 모르는 단어가 있다면 사전을 찾아보며 뜻을 정확히 이해해야 합니다. 셋째, 문장 구조를 자세히 살펴봅니다. 주어, 목적어, 서술어가 어떻게 이어지는지 관찰하고, 개별 문장이 어떤 식으로 연결돼 있는지 주의해서 보세요. 이 세 가지를 염두에 두고 기사문과 칼럼을 필사한다면 간결한 사실 전달로 독자의 이해를 높이는 글, 원인과 결과를 분명히 해 상대를 설득하는 글을 쓰는 능력을 발전시키게 될 것입니다.

> 대한민국에 '난민 포비아(공포증)'가 번지고 있다. 이슬람 국가 예멘에서 제주도로 건너온 난민 수가 급증했다는 사실이 알려지면서 문화와 종교의 차이에 따른 사회적 혼란이 커질 것이라는 목소리가 높아지고 있다. (…) 난민 급증의 이유로는 제주도가 지난 2002년부터 시행한 '무사증 제도'가 꼽힌다. 비자가 없는 외국인도 최대 30일 동안 제주도에 머물 수 있게 한 제도다. 관광 활성화를 위해 도입됐으나, 난민들의 피란 창구로 악용되고 있다는 비판이 일고 있다.
>
> 장지훈, 「제주 예멘 난민 수용 찬반 논란」,《소년조선일보》'뉴스 따라잡기', 2018. 6. 25

글 분석 포인트

- 첫 문장에 '난민 포비아(공포증)'라는 문제 상황이 구체적으로 드러나 독자의 관심을 끕니다.
- '제주도로 건너온 난민 수 증가'의 원인이 '무사증 제도' 때문임을 명확히 했습니다. 원인과 결과로 이루어진 논리적인 문장입니다.
- '2002년' '30일' 등 정확한 숫자 정보로 신뢰도를 높였습니다.
- 일반 독자에게 익숙하지 않은 '무사증 제도'를 자세히 설명했습니다.

「제주 예멘 난민 수용 찬반 논란」이라는 제목으로 난민 수용 문제를 다룬 기사임을 알 수 있습니다. 제주도 난민 수 급증이라는 문제 상황과 무사증 제도라는 원인이 명확한 글입니다.

다만 '난민' 같은 사회적인 큰 이슈의 경우 서로 입장이 다른 언론사의 기사를 비교·분석하면서 비판적 사고를 훈련해보면 더욱 좋겠습니다. 필사하는 사람이 공감할 수 있는 논지의 칼럼을 필사해야 좀 더 잘 이해하고, 쉽게 분석할 수 있습니다.

필사 실습

소리 내어 읽으며 한 문장씩 옮겨 적어보세요.

작문 예시와 코칭

대한민국에 ① 안전 불감증이 번지고 있다. ② 2014년 4월 16일 인천에서 제주도로 향하던 여객선 ③ 세월호가 진도 인근 바다에서 침몰했다는 사실이 알려지면서 도덕성 부족에 따른 사회적 충격이 커질 것이라는 걱정이 높아지고 있다. 안전 불감증의 이유로는 ④ '무관심'이 꼽힌다. ⑤ 무관심은 어떤 일에 관심이나 흥미가 없는 상태를 말한다. 지나친 관심은 상대방을 힘들게 할 수는 있으나, 무조건 안전할 거라고 생각하며 위험에 무관심해지고 있다는 비판이 일고 있다.

중등 3학년생의 작문

① 근래 자주 논의되고 있는 '안전 불감증'을 소재로 잘 선택했어요. 다만 원문처럼 작은따옴표를 넣어주면 주제가 강조될 거예요.

② 사건이 일어난 정확한 날짜 '2014년 4월 16일'을 써 글의 신뢰감이 높아졌어요.

③ 실제 사건인 '세월호 침몰 사건'을 근거로 들어 현재까지도 '안전 불감증' 문제가 해결되지 않고 있음을 설득적으로 전개했네요.

④ '안전 불감증'의 원인으로 '무관심'을 든 점이 명쾌합니다.

⑤ '무관심'에 관한 설명을 삽입해 글의 이해를 도왔어요.

작문 실습

앞의 코칭 내용과 원문의 흐름을 반영해 자기만의 작문을 해보세요.

> 자원은 한정돼 있는데 남보다 많이 움켜쥔 건 자랑이 아니라 수치다. 물론 남보다 열심히 일해 정당하게 얻은 부와 특권이라고 항변하고 싶겠지만 열심히 한다고 무조건 잘되는 게 아니지 않은가? 세상일에는 필연 못지않게 우연도 중요하다. 갑질은 물론 갑티를 내는 것조차 부끄러워해야 한다.
>
> 최재천, 「갑질과 갑티」, 《조선일보》 '최재천의 자연과 문화', 2018. 5. 29

글 분석 포인트

- '자원이 한정돼 있는 상황'이라는 근거와 '남보다 많이 움켜쥔 것이 수치'라는 주장이 잘 연결됩니다.
- '아니지 않은가?'라는 이중 부정을 사용하여 '열심히 한다'는 것의 의미를 다각도로 생각해볼 수 있게 합니다.
- '못지않게'라는 표현으로 '우연'이 '필연'만큼 중요하다는 것을 강조합니다.
- 갑질과 갑티의 부정적 의미를 부끄러움으로 연결한 점이 인상적입니다.
- '수치다', '아니지 않은가?', '중요하다', '부끄러워해야 한다' 등 서술어를 다양하게 써 글이 지루하지 않습니다.

최재천 교수의 칼럼은 학생이 필사하기 좋은 글입니다. 적절한 어휘와 쉬운 문장 구조로 쓰여 글을 분석하는 데 어려움이 적습니다. 위 칼럼은 근래 사회적 논란을 낳고 있는 '갑질'에 관한 글로서 인과 관계가 명확해 전하고자 하는 뜻에 오해가 없습니다.

필사 실습

소리 내어 읽으며 한 문장씩 옮겨 적어보세요.

작문과 코칭의 예

①② 고기 양은 정해져 있는데 남보다 많이 먹는 건 자랑이 아니라 욕심이
다. 물론 남보다 열심히 구워 정당하게 얻은 삼겹살과 목살이라고 변명하고
③ 싶겠지만 열심히 굽는다고 무조건 많이 먹어도 되는 게 아니지 않은가?
먹는 일에는 배 채우기 ④ 못지않게 양보도 중요하다. ⑤ 삼겹살은 물론 목
살을 구어내는 것조차 나눠 먹어야 한다.

초등 5학년생의 글

① '고기 양은 정해져 있는데'라는 근거와 '남보다 많이 먹는 건 자랑
   이 아니라 욕심이다'라는 주장이 매끄럽게 연결됩니다.

② '고기'라는 일상적 소재를 가져와 친근해요.

③ '–지만'을 써 '열심히 굽는 것'이 '무조건' 많이 먹어도 되는 조건
   이 아님을 명확하게 나타냈어요.

④ '못지않게'를 적절히 사용하여 먹는 일에는 '배 채우기'와 '양보'가
   모두 중요하다는 것을 잘 표현했네요.

⑤ 원문 구조를 그대로 살리려다 보니 문장의 뜻이 불명확해졌어요.
   특히 '것조차'를 그대로 넣어서인데요, 행동이 일어나는 즉시를
   뜻하는 '대로'를 사용하면 어떨까요? 문맥이 훨씬 매끄러워져요.

작문 실습

앞의 코칭 내용과 원문의 흐름을 반영해 자기만의 작문을 해보세요.

> 구급차는 크게 두 종류다. 소방 당국이 관리하는 '119구급차'와 민간 업체가 운영하는 '민간구급차'다. 119구급차가 환자를 가장 가까운 병원으로 긴급하게 이송하는 역할을 한다면, 민간구급차는 수술·치료를 위해 하급 병원에서 상급 병원으로 옮기는 일을 맡는 경우가 많다. 둘 다 사람 생명을 다루지만 우리나라에서 민간구급차에 대한 인식은 좋지 않은 편이다. 환자를 이송하고 돈을 받는다는 이유로 싸늘한 눈길을 받기도 한다.
>
> 장지훈, 「부부가 바라본 '구급차 속 세상'」, 《소년조선일보》 'THE 인터뷰', 2018. 9. 13

글 분석 포인트

• 작은따옴표를 사용해 119구급차와 민간구급차를 시각적으로 명확히 구분했습니다.

• 119구급차와 민간구급차의 차이를 자세히 설명했습니다.

• 민간구급차에 대한 부정적 인식의 원인이 "환자를 이송하고 돈을 받기" 때문임을 명확히 했습니다.

• '싸늘한 눈길'이라는 비유적 표현을 통해 민간구급차에 대한 사람들의 인식이 얼마나 부정적인지 강조했습니다.

 'THE 인터뷰'라는 기획기사 제목에서 알 수 있듯이 이 기사는 인터뷰를 거쳐 작성되었습니다. 생생한 현장 목소리가 담겨 있음을 예상할 수 있지요. 더욱이 현대인이라면 누구나 구급차 사이렌 소리를 접하기에 많은 독자의 관심을 끌 만한 소재입니다.

이 문단을 읽고 나면 자연스레 민간구급 업체 현장 직원(간호사, 응급구조사 등)들의 목소리가 궁금해집니다. 이들이 어떤 환경에서 일을 하고 있는지, 이렇게 인터뷰에 응하게 된 배경은 무엇인지 등이 언급되리라는 것도 알 수 있고요. 거의 모든 신문기사와 칼럼이 그렇듯 제목을 잘 보면 인터뷰 대상과 소재가 그대로 드러나 있지요.

필사 실습

소리 내어 읽으며 한 문장씩 옮겨 적어보세요.

작문과 코칭의 예

> ① 아파트에 사는 이웃은 크게 두 종류다. ② 항상 반갑게 인사하는 '다정한 이웃'과 무표정을 지으며 등을 돌리는 ③ '썰렁한 이웃'이다. 다정한 이웃이 따뜻한 정을 가장 가까운 옆집으로 ④ 신속하게 옮기는 역할을 한다면, 썰렁한 이웃은 ⑤ 사생활 보호를 위해 이웃으로부터 자신을 단절하는 경우가 많다. 둘 다 같은 이웃이지만 아파트에서 썰렁한 이웃에 대한 인식은 좋지 않은 편이다. 인사도 안 하고 쌩 지나간다는 이유로 이웃에게 싸늘한 눈길을 받기도 한다.
>
> 초등 6학년생 작문

① 주변에서 흔히 볼 수 있는 '이웃'이란 소재가 친근하네요.

② '다정한 이웃'과 '썰렁한 이웃'을 대조해 요즘 아파트 문화를 잘 나타냈어요.

③ '썰렁한'은 재미없거나 어딘가 빈 듯한 상황을 말할 때 주로 사용해요. '다정한'과 대조되는 단어를 찾아보세요. 가령 '냉정한'은 어떨까요?

④ 원문에 있는 '신속하게'를 그대로 사용했네요. 생략해도 무방해요.

⑤ '썰렁한 이웃'이 인사를 하지 않는 이유가 '사생활 보호'임을 알 수 있네요. '썰렁한 이웃'에 대한 글쓴이의 따뜻한 시선을 느낄 수 있습니다.

작문 실습

앞의 코칭 내용과 원문의 흐름을 반영해 자기만의 작문을 해보세요.

....

....

....

....

....

....

....

....

....

....

....

....

....

....

....

....

02

활용:
맞춤형 소재를 찾자

서울 세화여자고등학교는 1998년부터 1·2학년을 대상으로 '아침 신문 읽기' 프로그램을 진행하고 있습니다. 정규 수업이 시작되기 전인 오전 8시 30분부터 8시 45분까지 진행하는데요, 처음에 학생들은 이 시간을 어색해했지만 한두 달이 지나며 '오늘은 무슨 기사가 1면에 나왔을까?' 궁금해할 만큼 신문 읽기에 익숙해졌다고 합니다. 이 학교 국어 교사에 따르면 "입학 후 한 학기가 지나면 학생들의 독해력이 눈에 띄게 좋아지는 것을 느낄 수 있었다"고 해요. 신문은 우리 사회 곳곳의 상황을 문자로 보여주는 창입니다. 우리는 이 창을 통해 세상과 끊임없이 소통하면서 새로운 정보를 얻고, 사회 쟁점에 대한 비판적 사고를 훈련할 수 있습니다.

그런데 학생 대부분은 신문을 따로 읽지 않습니다. 책이나 신문보다 온라인과 영상을 통해 정보를 습득하는 것에 익숙해졌기 때문입니다. 이미 페이스북 같은 SNS와 온라인 게임에 익숙해진 학생들에게 신문 읽기는 귀찮은 활동이 되었습니다. 관심 있는 주제에 대해 알아보기 위해 학생 대부분은 하루에 수십 번 인터넷으로 검색합니다. 이런 상황에서 학교에서 신문 읽기를 권장하는 것은 매우 유익한 일입니다. 다행히 최근 수업 시간에 책이나 신문 읽기를 시행하는 학교가 증가하고 있습니다. 학교 공부에 바쁜 학생들이 긴 글을 읽는 시간을 따로 내기 어려운 여건에서 기사문은 읽기와 쓰기 훈련의 유용한 도구가 됩니다.

더욱이 칼럼에는 한자어가 자주 쓰입니다. 한자어는 우리말 어휘 중 70퍼센트를 차지하고 있습니다. 한자어를 마냥 어렵게 느끼는 이가 많겠지만 적절한 한자어 사용은 단어의 '뜻'을 쉽게 알 수 있게 도와줍니다. 한자 공부를 따로 하려면 지루하고 어렵습니다. 칼럼 필사를 통해 한자어를 자연스럽게 익힐 수 있습니다.

미디어 글 '필사 – 작문' 활용 단계에서는 학생들이 관심을 둘 만한 소재로 쓰인 신문기사와 칼럼을 접하면서 스스로 자기만의 소재를 찾는 훈련을 해보게 됩니다. 더불어 적절한 한자어 사용으로 얼마나 문장을 간결하고도 정확하게 쓸 수 있는지 실습해볼 것입니다.

◆ 미디어 필사 예시문(칼럼)_활용 ①

> 토론수업을 강조하는 혁신학교의 지향은 백번 옳다. 그러나 아직 부족하다. 글쓰기와 토론이 인문사회과학 공부의 일상이 되어야 하는데 아직은 양념처럼 곁들이는 정도에 머물고 있어서다. 결국 우리는 대학서열체제에 대해 엄중히 숙고해야 한다. 실제로 교육에 관심을 갖고 있는 사회 구성원들은 거의 대학서열체제가 문제의 핵심이라는 점을 잘 알고 있다. 그런데 이 문제가 극복되기 어려운 것은 대학서열체제가 전체주의적 주입식 암기교육과 찰떡궁합의 관계를 맺고 있어서다.
>
> 홍세화, 「민주공화국의 학교를 위하여」, 《한겨레》 '홍세화 칼럼', 2017. 6. 1

글 분석 포인트

- 수사 관형사 '백번'을 써 서술어 '옳다'를 강조했습니다.
- 접속 부사 '그러나'를 적절하게 사용함으로써 토론 수업에 대한 부족함을 강조합니다.
- 주입식 암기 교육에 대한 원인으로 '대학서열체제'를 꼽으며 현재 교육 체제를 비판적 시각으로 바라봅니다.
- 어떤 목표에 대한 의지를 나타내는 뜻인 '지향志向'과 곰곰이 잘 생각하다라는 뜻인 '숙고熟考' 등 한자어를 적절히 사용하여 문장 길이를 짧게 줄였습니다. 문장과 문장 사이의 간격이 짧아 주장이 더욱 명료해졌습니다.
- 글쓰기와 토론 공부가 드문드문 이루어지는 상황을 '양념'에 비유해 이해가 쉽습니다.

• '찰떡궁합'이란 비유를 사용해 '대학서열체제'와 '주입식 암기교육'
의 관계가 떨어질 수 없는 상황임을 강조합니다.

언론인 홍세화는 한국 사회를 비판적 시각으로 바라보는 것으로
유명합니다. 특히 한국 교육 제도에 대한 비판적 의견을 책과 미디
어를 통해 많이 드러냈는데요, 위 예시문도 역시 이러한 관점이 담
겨 있습니다. 여기서 눈여겨볼 점은 한자어 사용입니다. '지향志向'
과 '숙고熟考' 등의 한자어를 사용함으로써 간결하게 자신의 주장을
드러냅니다. 한자는 이미 그 자체로 뜻을 품고 있습니다. 남용하지
만 않는다면 짧은 문장으로 전하려는 메시지를 강조할 때에 도움이
됩니다.

필사 실습

소리 내어 읽으며 한 문장씩 옮겨 적어보세요.

작문 예시와 코칭

> 성실을 강조하는 친구의 요구는 ① 백번 옳다. 그러나 아직 부족하다. 일찍 일어나기와 ② 셔틀 타기가 성실한 생활의 일상이 되어야 하는데 아직은 익숙하지 않은 상태에 머물고 있어서. 결국 나는 스스로 게으름에 대해 엄중히 ③ 숙고해야 한다. 실제로 평소 부지런한 친구들은 ④ 거의 게으름이 문제의 핵심이라는 점을 잘 알고 있다. 그런데 이 문제가 극복되기 어려운 것은 ⑤ 게으름이 누적된 피로와 찰떡궁합의 관계를 맺고 있어서다.
>
> 중등 1학년생 작문

① '백번 옳다'로 주장을 강조한 원문 구조를 잘 살렸어요.

② 셔틀버스를 타고 다니는 학생이면 누구나 고민하는 '셔틀 타기'라는 일상의 소재를 가져와 또래 독자의 공감을 잘 이끌어냈어요.

③ 한자어 '숙고熟考'의 뜻이 문장과 어울리게 잘 사용되어 흐름이 매끄러워요.

④ 어느 한도에 매우 가까운 정도를 나타내는 '거의'보다 절반을 넘어 전체 양에 가깝다는 의미의 '대부분'을 쓰면 문장이 훨씬 자연스럽겠지요. 문맥에 맞추어 원문의 표현을 바꾸는 연습을 해보세요.

⑤ '게으름'을 극복할 수 없는 이유가 '누적된 피로'임을 밝혀 의미가 정확히 전달되었어요. '찰떡궁합'이라는 원문의 표현과도 자연스럽게 연결됩니다.

작문 실습

앞의 코칭 내용과 원문의 흐름을 반영해 자기만의 작문을 해보세요.

> 외모 평가는 걱정도 덕담도 아니다. 무비판적 습관이다. 보여지는 것 이면
> 에 보이지 않는 부분을 읽어내고 표현하는 능력이 인간 종 전체적으로 감퇴
> 하고 사라지는 느낌이다. 그런 점에서는 '카메라 앱'도 바람직하지 않은 장
> 난감이다. 셀카 놀이가 '기분 전환'이라고 생각했지만, 그런 미의 표준화된
> 각본에 유희하는 사소한 행동이 외모 위계의 '의식 고착'에 기여하는지도 모
> 른다.
>
> 은유, 「분위기 깨는 자의 선언」, 《한겨레》 '삶의 창', 2018. 6. 29

글 분석 포인트

- 첫 문장에 '고민도 덕담도 아니다'라는 단호한 표현을 사용함으로 써 무비판적인 '외모 평가 습관'을 강하게 비판합니다.
- 보이지 않는 부분을 읽어내고 '표현하는 능력'이 사라지고 있는 문 제 상황의 원인이 '외모 평가'임을 추론할 수 있습니다.
- '줄어서 쇠퇴한다'는 뜻을 지닌 '감퇴減退'와 '사라지는'을 나란히 써 '표현하는 능력'이 줄어들고 있는 문제 상황을 강조했습니다. 이 한 자어를 사용해 동어 반복도 피했고요.
- 표현하는 능력이 사라지고 있는 상황을 널리 사용되는 '카메라 앱' 을 근거로 들어 글이 매우 설득적입니다.
- '셀카 놀이'가 미를 표준화하는 데 영향을 미치고 있음을 짚어줍니다.

은유는 생활과 동떨어지지 않은 부드럽고 단단한 표현으로 자기

와 타인, 일상과 세상을 엮어 이야기하는 작가로 유명합니다. 앞의 칼럼에서도 카메라 앱, 셀카 등 독자가 흔히 접하는 소재와 상황을 들어 설명하고 있지요. 이런 일상적 소재로 '표준화된 미'로 인해 개성이 사라지고 미를 고착화하는 사회 현상을 비판하고 있습니다.

필사 실습

소리 내어 읽으며 한 문장씩 옮겨 적어보세요.

작문과 코칭의 예

① 수행 평가는 실력도 노력도 아니다. ② 의미 없는 평가다. 해야 할 것 이
외에 ③ 관심 있는 분야를 스스로 선택하고 표현하는 능력이 학생 전체적으
로 감퇴하고 사라지고 있는 상황이다. 그런 점에서 '팀 프로젝트'도 유용하
게 사용되지 못하는 평가다. 협동 학습이 다양한 의견을 모을 수 있다고 생
각했겠지만, ④ 오히려 그런 평가의 유용한 목적에 무관심한 학생들이 수행
평가를 점점 귀찮아하는 데 ⑤ 영향을 미치고 있는지도 모른다.

중등 3학년생의 작문

① 또래 학생들이 공감할 수 있는 '수행 평가'라는 소재를 적절히 선
택했네요.

② 원문의 구조를 그대로 가져온 '의미 없는 평가다'라는 단호한 표
현이 앞뒤 맥락과 잘 맞아떨어집니다.

③ '관심 있는 분야를 스스로 선택하고 표현하는 능력이 학생 전체적
으로 감퇴하고 사라지고 있는 상황'이라고 말하여 앞의 문장을 뒷
받침하고 있습니다. 글이 논리적이에요.

④ 원문에 없는 부사 '오히려'를 삽입해 '팀 프로젝트'가 의도와 달리
학생들에게 유용하게 사용되고 있지 못하는 상황을 잘 드러냈네요.

⑤ '있는지도 모른다'라는 단언하지 않는 표현으로 반대 입장을 고려
하고 있어요.

작문 실습

앞의 코칭 내용과 원문의 흐름을 반영해 자기만의 작문을 해보세요.

> 크리에이터 전성시대다. '크리에이터'는 유튜브나 페이스북, 아프리카 TV 같
> 은 플랫폼에 채널을 만들고 직접 촬영한 영상을 올려 대중들과 공유하고 소
> 통하는 이들을 일컫는다. 방송국에서 만드는 콘텐츠도 아니고 비전문가들
> 이 찍어서 올리는 영상물이 얼마나 대단할까 생각한다면 오산이다. 영상물
> 에 익숙한 10~20대들에게 크리에이터의 인기는 연예인 이상이다. 기성세
> 대에게 영상 콘텐츠라고 하면 TV를 우선적으로 떠올리겠지만 20대 이하의
> 젊은 층은 TV 대신 유튜브를 통해 선호하는 크리에이터들이 업로드하는 콘
> 텐츠를 보는 것이 훨씬 익숙하다. 한때 초등학생들 사이에 아이돌 가수와
> 같은 연예인이 장래희망 1순위였지만 요즘은 크리에이터로 바뀌었다.
>
> 박경은, 「1인 미디어 크리에이터 전성시대」, 《주간경향》, 2018. 3. 13

글 분석 포인트

- 첫 문장에 단문을 써 독자의 시선을 끕니다.
- '크리에이터'에 대한 정의를 정확하게 정리해 이해를 돕습니다.
- 방송국 콘텐츠와 비교함으로써 '크리에이터'의 위상을 강조합니다.
- 영상 콘텐츠 사용 선호도를 기성세대와 젊은 층으로 비교, 분석해
  크리에이터가 인기 있는 원인을 밝혀줍니다.
- '장래희망 1순위'로 크리에이터에 대한 선호도를 짐작할 수 있습니다.

    요즘 학생들 사이에서 '1인 크리에이터'가 인기입니다. 현대 미
디어 환경 특성을 잘 드러내주는 기사문인데요, '크리에이터'라는
소재부터 학생들의 눈길을 끌기에 충분합니다. 첫 문장은 다음 내

용을 기대할 수 있게 써야 하는데요, '크리에이터 전성시대' 이 간결한 문장으로 다음 내용을 예측할 수 있습니다. 현상-정의-특징-원인-결과 순으로 군더더기 없이 논리적으로 전개한 기사문입니다.

필사 실습

소리 내어 읽으며 한 문장씩 옮겨 적어보세요.

작문과 코칭의 예

> ① 웹툰 전성시대다. ② '웹툰'은 웹(온라인)이나 홈페이지에 누구나 자유롭게 그린 만화를 올린 것으로 다수가 무료로 볼 수 있으며 댓글로 작가와 독자가 직접 소통할 수 있는 만화를 일컫는다. 이미 ③ 출판된 만화를 스캔하여 보여주는 '뷰어'와 같다고 생각하면 오산이다. ④ 글을 읽기 싫어하는 10~20대들에게 웹툰 인기는 만화 이상이다. ⑤ 기성세대에게 만화라고 하면 만화방을 우선적으로 떠올리겠지만 20대 이하의 젊은 층은 만화방 대신 온라인을 통해 업로드된 웹툰을 보는 것이 훨씬 익숙하다. 요즘 중학생들 사이에 ⑥ 관심 있는 직업으로 웹툰 작가가 떠오르기도 한다.
>
> 중등 1학년생 작문

① 요즘 학생들 사이에 인기 있는 '웹툰'이란 소재가 흥미롭네요. 원문만큼 강렬한 첫 문장입니다.

② '웹툰'의 정의와 특징을 원문 구조와 거의 똑같이 써 '웹툰'을 모르는 독자들의 이해를 도와요.

③ 위 글에서 말하는 '뷰어'란 이미 출판된 만화를 스캔해서 올리는 것이라고 명확히 설명합니다.

④ '웹툰'이 인기 있는 원인이 젊은 층이 '글을 읽기 싫어하는' 데 있다는 현실을 잘 드러냈습니다.

⑤ 만화를 보는 방식을 기성세대와 20대 이하로 구분 지어 세대 특징을 잘 나타냈어요.

⑥ 시대 변화를 반영한 학생들의 관심 직업군을 알 수 있네요.

작문 실습

앞의 코칭 내용과 원문의 흐름을 반영해 자기만의 작문을 해보세요.

03

임화:
명문의 비법을 체화하자

『책읽기부터 시작하는 글쓰기 수업』(한겨레출판, 2015)의 저자 이권 우에 따르면 한 단락에서 주제가 무엇인지 뚜렷하게 드러나야 좋은 글이라고 합니다. 중심 문장과 뒷받침 문장이 튼튼하게 연결되어 있을 때 팽팽한 긴장감을 유지하면서 말하고자 하는 바를 잘 드러낼 수 있지요. 이런 글은 논리가 탄탄합니다. 무엇보다 처음 읽는 이도 그다음 이어질 내용이 궁금할 만큼 첫 문단이 흥미롭습니다. 신문기사, 칼럼, 사설 등 미디어 글이 대체로 이런 원칙을 잘 살리고 있습니다.

미디어 글을 필사하는 최종 목표는 명확한 사실 전달로 독자의 이해를 돕고 설득하는 글을 쓰는 것입니다. 사실을 명확하게 전달한다는 것은 무엇일까요? 정확한 근거를 가지고 공정하게 서술하는 것입니다. 개인의 주관적 판단은 뒤로해야 가능합니다. 이것이 신문기사의 특징입니다. 그렇다면 설득력 있는 논리란 무엇인가요? 어떤 사회적 이슈에 대해 주장을 펼치고 독자가 동의하도록 유도하는 글입니다. 이것이 칼럼의 특징이고요.

입문, 활용 단계의 필사와 작문이 개별 문장을 분해해 자세히 뜯어보는 과정이었다면 심화 단계에는 글의 맥락을 더욱 깊이 이해하고 추론하는 것이 중요합니다. 그러자면 키워드를 중심으로 요약할 줄 알아야 하는데요, 다행히도 기사문과 칼럼의 키워드는 대체로 제목에 드러나 있습니다. 어떤 소재를 다루고자 하는지 제목에서부터 드러내는 것이 미디어 글의 특징이지요. 이뿐만 아니라 그 어떤 글보다 미디어 글은 도입부가 굉장히 중요합니다. 특히 칼럼과 사설은 글쓴이의 주장이 도입부에 요약된 경우가 많습니다. 따라서 필사할 만한 신문기사와 칼럼을 고를 때에 제목과 도입부를 유념해서 보면 도움이 됩니다.

좋은 신문기사와 칼럼의 기준을 좀 더 설명하자면 다음과 같습니다.

첫째, 도입부가 너무 장황하지 않아야 합니다. 글의 시작을 너무 길게 쓰면 본론에 들어가기도 전에 읽는 이가 지쳐버리지요. 두 번째 문단을 어서 읽고 싶은 마음이 들도록 첫 문단이 간결하고 구체적이어야 합니다.

둘째, 어렵고 복잡한 표현이 없어야 합니다. 특히 꾸밈말이 지나치게 많으면 문장의 의미를 파악하기 어렵습니다. 물론 기사문이나 칼럼에는 전문 용어가 종종 사용되기도 하지만 대체로 이러한 용어는 해석을 넣어주기 마련입니다.

입문, 활용 단계에서 예시문을 필사하고, 그대로 모방해 작문하는 데에 집중했다면 여기 심화 단계에서는 위와 같은 특징들을 염두에 둡니다. 기사문과 칼럼을 보는 안목이 향상되고 좀 더 노련하게 작문할 수 있습니다.

최근 뉴욕에서는 영하의 추위에도 불구하고 BTS의 캐릭터 상품을 사기 위해 두 블록에 걸친 긴 줄이 이어졌다. 왜 세계의 청년들은 이리도 그들에게 열광할까? 물론 잘생긴 일곱 청년이 펼치는 칼군무와 화려한 퍼포먼스 때문이다. 이것이 필요조건이라면 충분조건도 있을까? 필자는 BTS의 노랫말 속의 살아 숨 쉬는 '인문학'이 그것이라고 생각한다. 먼저 팀 이름부터 인문학적이다. 10·20대 청춘들이 느끼는 고통과 절망을 방탄자동차처럼 막아주겠다는 연민의 마음이 들어 있다. 이들을 키운 PD 방시혁은 이렇게 말한다. "즐겁고 행복한 노래 대신 이 시대 젊은이들이 겪고 있는 가혹한 현실을 가사에 담으려고 노력했다."

강신장, 「방탄소년단을 보면 2018년이 보인다」, 《경향신문》 '강신장 칼럼', 2017. 12. 26

글 분석 포인트

- 방탄소년단의 인기를 칼군무, 퍼포먼스, 노랫말 등 구체적으로 분석했습니다.
- '왜 ~열광할까?'라는 의문문을 써 궁금증을 유발합니다.
- '방탄소년단'이란 이름의 뜻을 풀어 그다음 문장과 자연스럽게 연결했습니다.
- 인터뷰 내용을 직접 인용해 저자의 해석에 신뢰도를 높였습니다.

　　인기 그룹 방탄소년단을 소재로 해 독자의 흥미를 이끌어내는 칼럼입니다. 이 칼럼이 뛰어난 점은 이들이 인기를 끄는 배경이 무엇인지 논리적으로 분석하면서 자연스럽게 청년들이 처한 냉혹한 현실을 짚어주고 있다는 점입니다. 특히 그룹명 속에 들어간 '방탄'의 의미를 해석해 읽는 이들의 공감을 이끌어내고 있습니다. 어른 아이에게 할 것 없이 널리 알려진 연예인의 인기 현상과 문제 상황을 접목한 점이 탁월합니다.

필사 실습

소리 내어 읽으며 한 문장씩 옮겨 적어보세요.

작문 예시와 코칭

최근 서울시에서는 푹푹 찌는 무더위에도 불구하고 ① 한강나이트워크를 걷기 위해 여의도 한강둔치로 긴 줄이 이어졌다. ② 왜 사람들은 무더운 여름밤 밤새 걸으려 할까? 물론 한강의 시원한 바람과 멋진 야경 때문이다. 이것이 필요조건이라면 충분조건도 있을까? 나는 한강나이트워크의 진정한 의미는 ③ '함께'가 그것이라고 생각한다. 대부분 참가자들은 ④ 삼삼오오 짝을 이루며 출발했다. 팍팍한 서울 시민들이 느끼는 외로움과 쓸쓸함을 ④ 함께 걷기로 덜어줄 수 있을 것이다. 한강나이트워크에 참가한 사람들 모두가 이렇게 말했다. ⑤ "즐겁고 행복한 '함께' 걷기로 서울에 사는 시민으로서 겪고 있는 외로운 현실을 극복할 수 있었다."

중등 3학년생의 작문

① 직접 경험했던 '한강나이트워크'를 소재로 써 글이 생생하게 다가 옵니다.

② '왜?'라는 질문을 던짐으로써 독자로 하여금 더위를 무릅쓰고 걸 으려는 사람의 심리에 대해 궁금증을 유발합니다.

③ '함께가 그것이라고 생각한다'라는 문장 형식을 취해 '한강나이트 워크'의 가치를 달리 생각할 수 있는 여지를 주었네요.

④ '삼삼오오'와 '함께'가 같이 쓰여, 함께 걷기의 가치를 잘 드러냈어요.

⑤ 참가한 사람들의 목소리를 직접 인용함으로써 시민이 겪는 외로 움과 쓸쓸함을 '함께 걷기'로 극복할 수 있다는 말이 설득력 있게 다가옵니다.

작문 실습

앞의 코칭 내용과 원문의 흐름을 반영해 자기만의 작문을 해보세요.

> 여름 더위가 절정이다. 나는 산책을 즐기는 사람인데 요즘 공원은 낮은 물론이고 밤에도 열대야 때문에 걸을 엄두가 나지 않는다. 대안은 대형 쇼핑몰 걷기, 즉 '몰링(Malling)'이다. 하지만 쇼핑몰은 걷는 거리가 크게 길지 않은데도 쉽게 피곤을 느꼈다. 이유가 있다. 걷는 동안 시각과 청각이 쉬지 않고 수많은 정보를 습득하기 때문이다. 한정된 시간에 좀 더 많은 것을 보고 비교하고 사기 위해선 눈도 귀도 손도 바쁘게 움직인다.
>
> 백영옥, 「걷기의 인문학」, 《조선일보》 '백영옥의 말과 글', 2018. 7. 28

글 분석 포인트

- 직접 경험한 일상을 서술하여 독자에게 친근하게 다가옵니다.
- '쇼핑몰은 걷는 거리가 크게 길지 않은데도 쉽게 피곤을 느꼈다'는 결과를 이유보다 앞에 배치하여 궁금증을 유발합니다.
- 흔히 사용하지 않는 단어 '몰링Malling'의 뜻을 앞에 넣어줌으로써 독자가 내용을 쉽게 이해할 수 있도록 도와줍니다.
- 쇼핑몰 걷기가 피로한 이유는 걷는 동안 시각과 청각이 쉬지 않고 수많은 정보를 습득하기 때문이라고 명확히 설명합니다.

위 칼럼의 필자인 백영옥은 힘겨운 일상에 웃음과 위로를 찾아주는 『빨강머리 앤이 하는 말』(아르테, 2016)의 작가로 알려졌어요. 현재 작가는 꾸준히 소설을 쓰면서도 여러 신문에 다양한 칼럼을 연재하고 있습니다. 주로 책과 영화 그리고 문화에 대한 폭넓은 글을 쓰고 있습니다. 인과 관계가 명확해 설득력 있으면서도 소설가의 칼럼이라 부드럽게 읽힙니다.

필사 실습

소리 내어 읽으며 한 문장씩 옮겨 적어보세요.

작문 예시와 코칭

① 겨울 추위가 기승이다. 나는 친구와 놀러 다니기를 좋아하는데 요즘 대한민국은 낮은 물론이고 밤에도 ② 강추위 때문에 놀러 나갈 엄두가 나지 않는다. 대안은 ③ 찜질방 투어, 즉 '찜질'이다. 하지만 찜질방에서는 움직이는 횟수가 많지 않은데도 ④ 쉽게 피곤을 느꼈다. 이유가 있다. 있는 동안 다이어트를 한다는 핑계로 계속 누워 ④ 땀을 빼기 때문이다. 한정된 시간에 최대한 땀을 많이 빼기 위해선 ⑤ 이 방 저 방 옮겨 다니며 이용하기 위해 바쁘게 움직여야 한다.

중등 2학년생의 작문

① '추위'와 어울리는 서술어 '기승이다'를 잘 배치해 문장이 자연스러워요.

② 강추위 때문에 놀러 나갈 엄두가 나지 않는 상황을 인과 관계로 서술해 설득적으로 다가옵니다.

③ 겨울과 찜질방, 연관성 있는 소재를 선택한 점이 탁월합니다.

④ 땀을 많이 뺄 수 있는 찜질방의 특성 때문에 많이 움직이지 않아도 쉽게 피곤해지는 상황이 머릿속에 그려지며 공감됩니다.

⑤ 이 방 저 방 옮겨 다니며 바쁘게 움직인다는 말은 앞 문장의 계속 누워 땀을 뺀다는 내용과 이어지지 않아요. 가령 '최대한 오래 사우나실에 있어야 한다'로 바꾸면 어떨까요?

작문 실습

앞의 코칭 내용과 원문의 흐름을 반영해 자기만의 작문을 해보세요.

> 두발 자유화는 학생 인권 문제의 하나로 학교 현장에서 끊임없이 개선이 이뤄져왔다. 특히 두발 길이 자유화는 2012년 서울시학생인권조례 12조에 포함됐고, 지난해 11월 서울시교육청의 '학생인권종합계획'에도 구체적 실행 과제 가운데 '용모 획일화 폐지' 방안의 하나로 포함된 상당수 학교들이 이 같은 방침을 수용하고 있다. 서울시교육청에 따르면, 지난해 서울 중·고교 84%가 두발 길이를 학생들이 자유롭게 선택하도록 허용하고 있다. 시 교육청은 "두발 길이 자유화도 시행 전 제기됐던 우려와 달리 단속 중심의 학생 지도에서 벗어나 학생과 교사의 신뢰와 소통 증진으로 즐거운 학교 분위기 형성에 기여하는 것으로 나타났다"고 설명했다.
>
> 홍석재, 「조희연 "내년 중·고교생 염색·파마 허용…학칙 개정 요청"」, 《한겨레》, 2018. 9. 27

글 분석 포인트

- 학생들 관심사인 '두발 자유화'라는 소재가 흥미롭습니다.
- '2012년 서울시학생인권조례 12조'를 근거로 제시해 신뢰도를 높였습니다.
- '상당수'라는 단어를 선택해 많은 학교가 '두발 자유화' 방침을 수용하고 있음을 짐작할 수 있습니다.
- '84%'라는 정확한 수치를 사용해 정보에 대한 신뢰감을 줍니다.
- 직접 인용함으로써 글의 현장감을 잘 살렸습니다.

    '두발 자유화'를 두고 여전히 학교 측과 학생 측 사이에 의견이 팽팽하게 맞서고 있는데요, 기사문에는 이에 대해 교육부에서 '두발 자유화' 쪽으로 입장을 결정한 사실과 그 이유가 일부 제시되어 있습니다. 기사문에서는 근거가 중요합니다. 이 근거를 잘 드러내기 위해 '학생인권조례'와 이를 관장하고 있는 서울시 교육청의 입장을 들어 글의 신뢰도를 높였습니다.

필사 실습

소리 내어 읽으며 한 문장씩 옮겨 적어보세요.

작문 예시와 코칭

> ① 교복 자율화는 학생 자유권 문제의 하나로 학생들 사이에서 끊임없이 논의되어왔다. ②③ 특히 지나치게 작고 활동하기 불편한 교복을 편안한 복장으로 바꾸는 작업을 진행했고, 2020년 1학기부터 서울시교육청의 '편안한 교복 가이드라인'에도 구체적 실행 과제 가운데 '기존 교복 교체' 방안의 하나로 포함된 상당수 학교들은 이 같은 방침을 고려하고 있다. ④ 서울시교육청에 따르면, ⑤ 2020년 1학기부터 서울 중·고교가 편안한 교복을 입게 될 것이라고 한다. 시 교육청은 ⑥ "기존 교복을 개선하는 방안부터 '교복 자율화'까지 3~4개 선택지를 두고 토론하게 될 것"이라면서 토론 결과는 연말까지 내놓을 '편안한 교복 가이드라인'에 반영된다고 설명했다.
>
> 중등 3학년생 작문

① 원문의 '두발 자유화'와 마찬가지로 학생들이 관심을 둘 만한 '교복 자율화'를 소재로 선택한 점이 인상적입니다.

② 꽤 긴 문장임에도 불구하고 원문 구조와 거의 똑같이 작문했어요. '진행했고', '가운데' 등 각 연결 지점이 매끄럽네요.

③ '지나치게 작고 활동하기 불편한 교복을 바꾸는 작업을 진행'한 주체가 생략되었네요. 앞에 주어를 삽입해보세요. '특히'라는 부사는 앞뒤 문장과 어울리지 않으므로 생략해도 좋습니다.

④ '서울시교육청' 발표를 근거로 가져와 신뢰도를 높였네요.

⑤ '2020년 1학기'라는 숫자를 써 정보가 명확함을 나타냈어요.

⑥ 서울시교육청에서 발표한 내용을 직접 인용해 내용의 설득력이 높아졌네요.

작문 실습

앞의 코칭 내용과 원문의 흐름을 반영해 자기만의 작문을 해보세요.

지금까지 문학, 비문학, 미디어 글을 필사한 뒤 작문해보는 실습을 했습니다. 이 책에 나온 예시문은 말 그대로 하나의 예시일뿐입니다. 필사를 하는 그 학생에게 가장 필요하거나 흥미를 느끼는 분야가 무엇인지 알아내고, 자신만의 필사 예시문을 찾도록 해보세요. 다음에 제시된 '필사하기 좋은 도서 목록'을 참고하면 도움이 될 겁니다.

필사하기 좋은 도서 목록

문학

도서명	저자	출판사	추천 학년	주요 내용
소나기	황순원	다림	초 5 이상	어린 소년의 시선을 통해 다양한 감정을 감각적으로 그려낸다.
초등학생을 위한 나의 라임 오렌지 나무	J.M.바스콘셀로스	동녘주니어	초 5 이상	어린 소년의 성장 이야기를 대화나 행동 묘사를 통해 극적으로 드러낸다.
자전거 도둑	박완서	다림	초 5 이상	일상의 언어로 인물의 심리 변화를 탁월하게 묘사한다.
난 뭐든지 할 수 있어	아스트리드 린드그렌	창비	초 5 이상	모든 글에 자신의 즐거운 경험을 녹여냄으로써 글에 생동감과 위트가 넘친다.
마틸다	로알드 달	시공주니어	초 5 이상	기발하고 유쾌한 상상력을 극적으로 그려낸다.
톰 소여의 모험	마크 트웨인	민음사	중 1 이상	고상한 척하는 어른들의 사회나 문명사회의 허식과 위선에 반발하는 소년의 심정이 대사나 사건으로 잘 표현된다.
위저드 베이커리	구병모	창비	중 1 이상	미스터리와 호러, 판타지적 요소를 두루 갖췄다.
우아한 거짓말	김려령	창비	중 2 이상	추리소설을 보는 듯한 구성과 복선, 절제된 서술, 변화무쌍한 대화로 인물의 심리를 예리하게 포착해낸다.
연어·연어 이야기	안도현	문학동네	중 2 이상	사소한 풍경으로부터 빛나는 의미를 길어 올리는 시적 상상력과 소담스러운 언어가 아름답게 펼쳐진다.
시인 동주	안소영	창비	중 2 이상	역사적 인물의 삶을 서정적이고 성찰적인 문체로 풀어간다.
아름다운 아이	R.J.팔라시오	책과콩나무	초 5 이상	1인칭 다중화자 시점으로 구성되어 문체에 생동감이 있다. 아이의 시선으로 그려져 문장 구조가 단순하다.
몽실 언니	권정생	창비	초 3 이상	분단시대 한국문학의 가장 사실적이고 감동적인 작품으로 평가받는다. 간결하고 단아한 어휘가 일품이다.

주머니 속의 고래	이금이	푸른책들	중 2 이상	세 등장인물의 교차 서술 방식으로 진행하고 있으며 긴장감 있는 스토리와 균형 잡힌 문장을 확인할 수 있다.
완득이	김려령	창비	초 5 이상	가난하고 공부도 못하지만 싸움만은 누구에게도 지지 않는 열일곱 살 완득이가 성장해가는 과정을 따뜻하게 그려냈다. 속도감 넘치는 문체와 빠른 스토리 전개가 돋보인다.
이태준 전집 1 : 달밤 외	이태준	소명출판	중 2 이상	어휘 선택과 문장 쓰기에 예민한 감각을 소유한 이태준의 글에서 단정하면서도 현란한 수사를 구사한 문장을 발견할 수 있다.
두근두근 내 인생	김애란	창비	중 1 이상	김애란 특유의 담백하고 아름다운 문장이 곳곳에 숨어 있다.
파이 이야기	얀 마텔	작가정신	중 1 이상	스토리텔링이 뛰어난 작품으로 배경과 상황 묘사가 탁월하다. 군더더기 없는 단문으로 구성되어 있다.
성석제의 농담하는 카메라	성석제	문학동네	중 2 이상	성석제가 길 위에서 보고 겪은 에피소드를 담은 책이다. 저자 특유의 유머러스한 문장에 그 풍경들을 녹여냈다.
그 많던 싱아는 누가 다 먹었을까	박완서	세계사	중 2 이상	평범하고 일상적인 소재에 입체적인 의미를 부여함으로써 다채로운 언어를 구사하고 있다.

비문학

도서명	저자	출판사	추천 학년	주요 내용
뭘 써요, 뭘 쓰라고요?	김용택	한솔수북	초 5 이상	시인과 아이들이 나눈 이야기를 솔직하고 생생하게 담아낸다.
과학자의 서재	최재천	움직이는 서재	중 2 이상	과학적인 글을 쉽고 아름다운 문체로 담아낸다.
나는 어떤 삶을 살아야 할까?	홍세화 외	철수와 영희	중 2 이상	행복을 목표로 한 공동체의 중요성을 쉽고 명쾌하게 논증한다.
인문학으로 콩갈다	박연	북하우스	중 3 이상	유쾌하고 당당한 자신의 성장담을 논리적이고 설득적으로 풀어낸다.

세계는 왜 싸우는가?	김영미	추수밭	중 3 이상	세계 분쟁 현장을 누비며 생생히 기록한 참상과 간절한 희망의 메시지가 설득적이다.
1그램의 용기	한비야	푸른숲	중 3 이상	일상에서 건져 올린 삶의 철학을 편안하고 성찰적인 문체로 담아낸다.
생각한다는 것	고병권	너머학교	중 2 이상	깊이 생각하고, 다르게 생각한다는 것의 의미를 이해하기 쉽게 설명해준다.
나도 저작권이 있어요!	김기태	상수리	초 5 이상	저작권의 개념과 역사를 설명하고, 지적재산권 지키는 방법을 상세히 알려준다.
뉴스로 보는 사이다 심리학	이남석	다른	중 2 이상	인간의 심리를 이해하고 사회 문제를 균형감 있는 시선으로 바라볼 수 있도록 돕는다.
나의 첫 젠더 수업	김고연주	창비	중 1 이상	청소년을 위한 젠더 교육서. 고정관념에서 벗어나 젠더 감수성을 높일 수 있도록 도와준다.
뉴스, 믿어도 될까	구본권	풀빛	중 2 이상	청소년을 위한 미디어 리터러시 입문서. 뉴스와 언론보도에 드러나는 문제점을 분석한다.
사람은 왜 알고 싶어 할까	채운	낮은산	중 2 이상	우리가 인식하고 있는 앎이 과연 객관적인 것일까? 저자는 앎의 속성을 이해하기 위해서는 우리가 알고 있다고 믿는 모든 것을 의심해야 한다고 말한다.
비숲	김산하	사이언스북스	초 5 이상	한국 최초의 야생영장류학자 김산하. 그가 열대우림 한가운데로 모험을 떠난 이야기이다.
자기만의 철학	탁석산	창비	중 2 이상	스스로 생각하는 법을 알려주는 책. 철학이란 무엇인가를 질문하며 '자기만의 철학'을 찾아가도록 안내한다.
도덕을 위한 철학 통조림	김용규	주니어 김영사	중 1 이상	청소년을 위한 철학 입문서. 아빠와 딸의 질문과 답으로 구성하여 어려운 철학 내용도 척척 풀어서 설명해준다.
왜 언론이 문제일까?	박영흠	반니	중 1 이상	언론의 역할과 필요성을 설명하고, 언론을 위협하는 것과 나쁜 뉴스 등을 선별하기 위해 미디어 리터러시가 꼭 필요함을 알려준다.

원고별 지은이

1장

글을 잘 쓰면 뭐가 좋을까? - **정지선**

'좋아요'를 많이 받는 글의 비밀 - **정지선**

"내 글이 이상한가요?" - **전은경**

고대부터 시작된 필사 - **권정희**

2장

필사, 긴 글을 읽는 힘을 길러준다 - **권정희**

필사, 관찰력·논리력·분석력을 높여준다 - **전은경**

필사, 문장력을 향상해준다 - **권정희**

하루 5줄 필사로 향상되는 문장력 - **권정희**

'필사-작문'으로 더욱 향상되는 문장력 - **권정희**

3장 - **정지선**

4장 - **전은경**

5장 - **권정희**

청소년을 위한 필사 가이드

2018년 12월 20일 1판 1쇄 발행
2023년 6월 2일 개정1판 2쇄 발행

지은이   권정희 전은경 정지선
펴낸이   한기호
책임편집   도은숙
편집   정안나, 유태선, 김미향, 김현구
디자인   김경년
마케팅   윤수연
경영지원   국순근
펴낸곳   북바이북
          출판등록 2009년 5월 12일 제313-2009-100호
          주소 04029 서울시 마포구 서교동 484-1 삼성빌딩 A동 2층
          전화 02-336-5675 팩스 02-337-5347
          이메일   kpm@kpm21.co.kr
          홈페이지 www.kpm21.co.kr

ISBN 979-11-90812-19-1   03800